Chère lectrice,

L'été pointe son nez, et déjà nous rêvons de plages blondes, d'horizons lointains, et d'aventures nouvelles. Des aventures tendres, légères, intenses ou passionnées, comme celles que nos héros vous invitent à vivre avec eux ce mois-ci.

D'humeur légère ou provocante ? Vous adorerez Katie, l'irrésistible chipie de *La victoire de l'amour* (n° 2120), ou rêverez, comme Joss, l'héroïne de *La passion d'une nuit* (n° 2121), de vous abandonner dans les bras d'un mystérieux inconnu.

Nul doute que les plus aventureuses d'entre vous se laisseront emporter vers le soleil d'Australie avec lady Francesca, cette jeune aristocrate anglaise qui se sent prête à tout pour reconquérir Grant, son amour d'adolescente, et partager avec lui la vie rude et sauvage du bush (n° 2126). A moins qu'elles ne lui préfèrent le charme envoûtant de Rafi, *Le prince du désert* (n° 2122), ou la moiteur torride des nuits vénézueliennes, où Nicole, partagée *Entre orgueil et passion* (n° 2125), se débat contre l'amour qu'elle porte encore à l'homme qui l'a abandonnée la veille de leur mariage.

Quant aux plus sentimentales — mais ne le sommes-nous pas toutes ? — elles sentiront leur cœur battre avec celui de Marie, cette mère privée de son enfant à sa naissance, et qui, après treize longues années de recherche, reprend enfin contact avec sa fille adolescente, malgré l'opposition de son père adoptif (n° 2123).

Et s'il reste un peu de place à côté du cocktail de fruits frais sur la table basse près de votre chaise longue, n'oubliez pas d'y placer *Une femme de principes* (n° 2124) et *Dangereuse promesse* (n° 2119), qui vous feront découvrir comment une dette ou une promesse peuvent conduire... au grand Amour !

Bonne lecture,

Collection Azur

Avec Nuits d'Orient, Azur vous entraîne dans l'univers des Mille et Une Nuits.

Si l'univers des Mille et Une Nuits vous fait rêver, si la chaleur de l'Orient vous attire, et si le charme des cheikhs et des princes du désert ne vous laisse pas indifférente, alors vous êtes de celles que **Nuits d'Orient**, le nouveau rendez-vous de votre collection Azur, comblera !

Avec **Nuits d'Orient**, *découvrez des histoires inédites et fascinantes, aux saveurs de passion et de séduction.*

Ne manquez pas, le 1er septembre, votre prochain rendez-vous
Nuits d'Orient.

Le prince du désert

ALEXANDRA SELLERS

Le prince du désert

COLLECTION AZUR

Cet ouvrage a été publié en langue anglaise
sous le titre :
BELOVED SHEIKH

Traduction française de
MARIE-PIERRE MALFAIT

HARLEQUIN ®
est une marque déposée du Groupe Harlequin
et Azur ® est une marque déposée d'Harlequin S.A.

Originally published by Silhouette Books,
division of Harlequin Enterprises Ltd.
Toronto, Canada

© 1999, Alexandra Sellers. © 2001, Traduction française . Harlequin S.A.
83-85, boulevard Vincent-Auriol, 75013 Paris — Tél. . 01 42 16 63 63
Service Lectrices — Tél : 01 45 82 47 47
ISBN 2-280-04827-2 — ISSN 0993-4448

Prologue

L'Héritage de Rafi
L'Epée de Rostam

Le Prince Rafi reçut en héritage le Royaume du Barakat Oriental, un territoire aux paysages variés s'étendant de la côte, marécageuse, jusqu'au grand fleuve tumultueux baptisé Bonheur, en passant par une immense étendue désertique jonchée de ruines antiques. Le palais du prince se dressait au-delà, au cœur des montagnes.

Lui fut également remise la grande Epée de Rostam. Selon la légende, cette épée sertie de splendides joyaux et magnifiquement ouvragée avait jadis appartenu au célèbre guerrier Rostam. Depuis cette époque, les rois du Barakat qui sortaient l'épée de son écrin signifiaient à leur peuple et à leur ennemi que les combats ne cesseraient qu'à la reddition totale d'une des parties. Une fois brandie l'Epée de Rostam, aucune négociation n'était possible.

Les souverains devaient par conséquent longuement mûrir leur décision avant de s'emparer de la fameuse épée.

Il fut jadis un roi issu d'une lignée noble et ancienne qui régnait sur un pays béni de Dieu. Ce pays, le Barakat, traversé par l'une des Routes de la Soie, bénéficiait depuis plusieurs siècles de l'influence diverse et variée de nombreuses cultures. Sa situation géographique offrait elle aussi de multiples facettes : d'un côté, le pays longeait la mer, puis l'on entrait dans le désert, tantôt triste, voire sinistre avec ses ruines anciennes, tantôt doré et attrayant, parsemé d'oasis. Il s'étendait sur des centaines de kilomètres à l'intérieur des terres avant de se heurter à une chaîne de montagnes couronnées de neige qui retenaient prisonniers les nuages gorgés d'eau, les obligeant à déverser leur précieux fardeau sur les vallées luxuriantes. C'était un pays de magie et d'abondance, riche de son héritage multiple.

Mais c'était aussi un pays de rivalités ethniques, décor de fréquentes escarmouches. Comme le sang des anciens rois *quraishi* coulait dans les veines du souverain, personne n'osait remettre en cause son droit au trône ; en revanche, parmi les chefs de tribus qu'il dirigeait, nombreux étaient ceux qui se querellaient au sujet de leurs droits et leurs territoires respectifs.

Un jour, le souverain de ce royaume tomba amoureux d'une étrangère. Après lui avoir promis qu'il ne prendrait aucune autre femme, il l'épousa et en fit sa reine. Cette femme qu'il chérissait plus que tout lui donna deux beaux garçons. Le roi les aima comme sa propre main droite. Le prince héritier Zaid et son frère lui apportaient toutes les satisfactions possibles ; courageux guerriers, ils étaient tous deux beaux, nobles et appréciés du peuple. Lorsqu'ils eurent atteint l'âge de la majorité, le cheikh fut en mesure d'envisager la fin de sa vie en toute sérénité ; en effet, s'il arrivait quelque chose au prince héritier, son frère Aziz serait en mesure d'assurer sa succession, jouissant de la même popularité et exerçant la même autorité que lui sur les différentes tribus.

Un jour hélas, une tragédie frappa de plein fouet le cheikh et son épouse. Leurs deux fils trouvèrent la mort dans un terrible accident. Le vieil homme se prit alors à redouter sa propre mort, conscient qu'une guerre civile éclaterait inévitablement, les chefs des nombreuses tribus tentant de s'approprier le pouvoir.

Sa femme adorée comprenait son tourment mais elle était trop âgée pour espérer pouvoir lui donner un autre héritier. Alors, quand les rituels du deuil eurent touché à leur fin, la reine dit à son mari :

— La loi t'autorise à avoir quatre femmes. Je t'en prie, prends trois nouvelles épouses et prions Dieu pour qu'il accorde à l'une d'elles la faveur de porter ton futur héritier.

Le cheikh la remercia de l'avoir soulagé de la promesse qu'il lui avait faite bien des années plus tôt. Quelques semaines après, le même jour afin qu'aucune d'entre elles ne se sente privilégiée, il épousa trois femmes jeunes et belles et cette nuit-là, usant de toute sa virilité malgré son grand âge, il rendit visite à chacune d'entre elles dans un ordre que nul ne sut à part lui. A chaque jeune femme, il fit la promesse que, dans le cas où elle lui donnerait un fils, ce dernier hériterait du trône du Barakat.

Le cheikh avait sous-estimé sa virilité. Chacune de ses trois nouvelles épouses tomba enceinte et donna naissance, neuf mois plus tard, à un garçon vigoureux. Et chacune d'entre elles se mit en tête de défendre jalousement l'héritage de son fils. A partir de là, la vie devint un enfer pour le cheikh, chacune de ses trois jeunes épouses ayant des raisons de croire que son fils serait désigné comme seul héritier au trône.

La princesse Goldar, qui avait transmis ses surprenants yeux verts à son fils Omar, s'appuyait sur le fait qu'elle-même était une descendante de la vieille famille royale qui régnait sur son pays natal, le Parvan.

La princesse Nargis, mère de Rafi et descendante des empereurs Mughal en Inde, insistait sur le fait qu'elle avait accouché deux jours avant ses coépouses, ce qui faisait de son fils le premier héritier.

La princesse Noor, mère de Karim, réclamait l'héritage pour son fils au nom du sang; elle seule, en effet, était une Arabe de pure souche, issue d'une famille noble, à l'instar du cheikh. Qui d'autre que son fils aurait pu gouverner les tribus du désert?

De son côté, le cheikh comptait sur ses fils pour résoudre le dilemme qui le tourmentait, espérant que l'un d'entre eux montrerait ouvertement des qualités princières que les autres ne posséderaient pas. Hélas, en voyant grandir ses fils, il s'aperçut que chacun d'entre eux était, à sa façon, digne de prendre sa succession; tous trois possédaient en effet la grandeur d'âme que le peuple appréciait chez un souverain ainsi que des compétences spécifiques qui participeraient au développement du royaume.

Lorsque ses fils eurent dix-huit ans, le cheikh sentit ses forces l'abandonner. Sur son lit de mort, il demanda à voir ses trois jeunes épouses à tour de rôle. A chacune d'elles, il promit de nouveau que son fils hériterait. Puis il convoqua ses trois fils, les reçut ensemble, et leur confia ses dernières volontés. Finalement, il fit venir sa première femme, celle qui l'avait accompagné tout au long de sa vie, partageant avec lui les moments de bonheur comme les peines intenses. Il lui confia la mission de veiller sur ses jeunes coépouses et leurs fils avec l'aide de son vizir, Nizam al Muk, qu'il nomma conjointement régent avec elle.

A sa mort, la volonté du vieux cheikh fut révélée: le royaume serait divisé en trois principautés. Chaque fils hériterait d'une principauté et d'un palais. En outre, chacun d'eux se verrait remettre l'un des anciens Symboles de Royauté.

Selon les dernières volontés de leur père, ils devraient continuer à consulter le Grand Vizir al Mulk aussi longtemps que ce dernier vivrait ; à sa mort, ils nommeraient ensemble un autre Grand Vizir afin de garantir l'impartialité des décisions. Le dernier souhait de leur père avait été le suivant : les trois princes ne devraient jamais se déclarer la guerre ni livrer bataille contre leurs descendants respectifs et enfin, ils devraient se promettre de s'entraider dans les périodes de troubles. La malédiction du cheikh s'abattrait sur celui qui violerait ces règles ainsi que sur sa descendance durant sept générations.

Ce fut ainsi que les trois princes grandirent sous l'œil de la vieille reine et du vizir, qui firent tous deux de leur mieux afin de préparer les jeunes gens à épouser leur destin. Lorsqu'ils atteignirent l'âge de vingt-cinq ans, ils prirent possession de leur héritage. Après avoir reçu son Symbole de Royauté, chacun partit vers son royaume et son palais, où les princes vécurent en paix et en harmonie mutuelles, selon le souhait de leur père.

1.

Un cavalier entouré de quelques compagnons chevauchait un étalon noir dans le désert caressé par le soleil matinal. Le vent lui fouettait le visage et lui brûlait les poumons. Ses compagnons, galvanisés par cette course improvisée, riaient et invectivaient leurs montures, leur enjoignant d'aller toujours plus vite.

Loin devant eux, au-delà d'un amas rocheux qui entourait quelques palmiers, s'élevaient les piliers blancs à moitié écroulés d'une ruine antique, encerclés par les toiles vertes d'un groupe de tentes. Ce n'était pas vers ce campement qu'ils se dirigeaient, cependant, mais vers le piton rocheux, sa cascade et ses bassins d'eau limpide. Le cavalier juché sur l'étalon noir se détacha soudain du groupe en poussant un long cri et, devançant ses compagnons, il s'engouffra dans une gorge étroite qui s'enfonçait entre les parois de pierre, un bras battant l'air en signe de victoire.

Les autres s'élancèrent à sa poursuite, mais le chemin était tortueux et certains furent obligés de maîtriser leurs montures pour laisser passer les autres. Les trois qui talonnaient leur chef arrivèrent à temps pour le voir tirer brutalement sur les rênes de sa monture. A leur tour, ils s'immobilisèrent, frappés de stupeur.

Croiser une femme en plein désert n'était déjà pas fréquent. Mais se retrouver face à une créature à demi nue, d'une beauté et d'une délicatesse à couper le souffle, le visage et les bras offerts à la fraîcheur de la cascade, voilà qui était tout simplement extraordinaire !

Ignorant leur présence — le bruit des sabots avait sans nul doute été étouffé par le fracas de l'eau bruissant à ses oreilles —, la jeune femme s'écarta souplement du jet ; c'est alors qu'elle ouvrit les yeux et les découvrit. Ses yeux s'arrondirent de stupeur comme elle contemplait les cavaliers ténébreux et séduisants qui se dressaient devant elle.

Il y eut un long silence. Puis elle monta sur un rocher et lança d'un ton grave : « Salaam aleikum ».

Elle parlait avec un léger accent et à son air digne, légèrement hautain, se mêlait un zeste de défi. Le chef des cavaliers l'observait sans mot dire. Elle était aussi jolie qu'une gazelle ; les gouttes d'eau qui scintillaient sur sa peau, en séchant une à une, la laissaient douce et satinée ; la courbe parfaite de ses lèvres évoquait les tableaux anciens qui ornaient les murs de son palais. Sa poitrine était ronde et haut perchée, ses hanches à la fois étroites et terriblement féminines. Le coloris neutre de son maillot de bain se mariait parfaitement avec son teint légèrement hâlé. Ses jambes étaient fines et fuselées, ses pieds semblaient bien assurés sur la pierre glissante.

S'agissait-il d'une de ces fées que mentionnaient les légendes ? Allait-elle s'évanouir dans les airs d'un moment à l'autre ?

Autour de lui, ses hommes lui coulaient des regards furtifs, attendant ses ordres. Les yeux sombres de la jeune femme étaient également rivés sur lui. Elle ne l'avait pas quitté du regard depuis qu'elle l'avait aperçu, comme si elle avait deviné son rang.

Il la contempla fixement. Le silence s'éternisait ; il vit une lueur d'appréhension poindre dans son regard puis, pétrifié, il la suivit des yeux comme elle pivotait sur ses talons et commençait à escalader la paroi abrupte qui jouxtait la cascade. Un moment plus tard, exactement comme dans les contes, elle avait disparu.

Autour de lui, ses hommes recouvrèrent bientôt la parole. Il y eut d'abord des chuchotements, puis des exclamations. Le chef dut faire un effort pour se ressaisir, comme au sortir d'un rêve. Depuis leur arrivée, une ou deux minutes seulement s'étaient écoulées ; pourtant, le cours de sa vie avait basculé.

— Que se passe-t-il ici, nom d'un chien ? grommela Gordon.

L'équipe était presque au complet autour de la grande table du déjeuner lorsqu'il pénétra sous la marquise en toile verte.

— Tu n'es pas au courant ? s'écria Lena, ravie de pouvoir annoncer la nouvelle à quelqu'un, ayant été la dernière avertie. C'est la tente du sultan en personne qu'ils sont en train de monter, là-bas.

Gordon cilla, mais personne ne sut si c'était à cause du passage soudain de la lumière à la pénombre ou s'il manifestait de l'étonnement.

— Nous sommes tous invités à dîner là-bas ce soir, l'équipe entière, ajouta Ryan, l'intendant du campement. Son bataillon de domestiques est en train de préparer un grand festin à notre intention.

Gordon se dirigea vers le bord de l'auvent et observa la tente rouge et bleue qui se dressait un peu à l'écart du campement.

— On pourrait installer un stade de foot dans cette tente-là, fit-il observer d'un ton amusé. Combien croit-il que nous sommes ?

En bon Anglais, Gordon savait rester maître de ses émotions en toute circonstance. Zara ne l'avait vu perdre son flegme légendaire qu'à une seule occasion : lorsqu'ils avaient découvert la preuve qu'ils se trouvaient bel et

14

bien sur le site de l'ancienne cité d'Iskandiyar. Tous ses efforts, toutes ses années de recherches avaient enfin porté leurs fruits... Cette découverte couronnait sa longue carrière d'archéologue. Ce jour-là, les membres de l'équipe avaient laissé éclater leur joie, et Gordon s'était joint à eux.

— Peut-être a-t-il convié sa cour au grand complet, qui sait? suggéra Zara.

Une voix demanda :

— Pourquoi tout ce déballage? Pour quelle raison nous a-t-il invités?

— Pour nous souhaiter la bienvenue dans son pays, selon son messager.

— Cela fait trois mois que nous sommes arrivés!

— Quelqu'un lui a peut-être enfin remis le message que je lui avais envoyé pour lui annoncer que nous avions découvert les portes confirmant l'existence d'Iskandiyar, avança Gordon.

— Il tient sans doute à se manifester au cas où nous trouverions un trésor.

— Mais il est déjà aussi riche qu'un cheikh! objecta Warren.

— *C'est* un cheikh, intervint Lena de sa voix aiguë. Et il n'est pas marié, ajouta-t-elle, comme s'il existait un rapport quelconque entre les deux affirmations.

En entendant des éclats de rire, elle releva la tête.

— Qu'y a-t-il de si drôle? Je vous assure que c'est vrai, je l'ai entendu à la radio. Vous ne vous souvenez pas de cette femme qui a été kidnappée par le cheikh du Barakat Occidental il y a quelque temps?

Personne n'avait oublié, bien entendu. En fait, toute l'équipe n'avait parlé que de cela pendant plusieurs jours.

— Finalement, il l'a demandée en mariage. C'est à cette occasion que les journalistes ont expliqué que ses deux frères n'étaient pas mariés.

Lena soupira, et les rires redoublèrent. Elle scruta les

visages goguenards qui l'entouraient et haussa les épaules.

— Très bien, qu'est-ce que j'ai dit, cette fois?

— Rien, Lena. Simplement, il est clair que tu donnerais cher pour que celui-ci te kidnappe, toi, expliqua Zara, indulgente.

— Ça se voit tant que ça? Eh bien, on peut toujours rêver, non?

Un petit frisson parcourut Zara. Elle n'avait toujours pas raconté aux autres son aventure à la cascade. En partie parce qu'elle était consciente d'avoir commis une imprudence : tous les membres de l'équipe avaient été avertis que des bandits sillonnaient le désert. Il leur était défendu de s'aventurer hors du campement non accompagnés. Mais il y avait d'autres raisons à son silence.

Elle s'était sentie terriblement vulnérable en présence du chef de bande — car elle était convaincue qu'il occupait ce rang. Elle ignorait encore ce qui lui avait donné la force de se dérober à son regard pénétrant pour escalader la paroi rocheuse. Tout comme elle ignorait pourquoi il l'avait laissée s'enfuir.

Elle avait eu très peur de les retrouver, ses hommes et lui, de l'autre côté du rocher et lorsqu'elle avait vu que la voie était libre, elle s'était mise à courir jusqu'au campement sans regarder en arrière, haletante, pleurant de peur et de fatigue.

Lena était folle de rêver d'un enlèvement — ce devait être une expérience terriblement éprouvante. Et pourtant, une partie d'elle-même rêvait de rencontrer de nouveau le fascinant cavalier...

— Au fait, ça me rappelle quelque chose, dit-elle soudain, presque malgré elle. Je crois que je suis tombée sur un groupe de bandits, l'autre jour.

Cette déclaration fit l'effet d'une bombe. Tous les regards convergèrent vers elle.

— Où ça? demandèrent deux ou trois voix en même temps.

16

— Je suis allée jusqu'à l'oasis, avoua-t-elle à voix basse.

— Toute seule ? demanda Gordon. Zara, c'est de la pure folie !

— Oui, je sais, et je ne le referai plus. Ils sont arrivés à cheval pendant que je me baignais sous la cascade. Je ne les ai pas entendus. Quand j'ai ouvert les yeux, ils étaient là, tous sur leurs montures.

— Ils t'ont vue ? Comment as-tu fait pour leur échapper ?

Zara déglutit. Pourquoi diable répugnait-elle tant à leur raconter les détails de sa mésaventure ?

— J'ai escaladé le rocher et j'ai pris mes jambes à mon cou.

— S'ils t'avaient vue, ils t'auraient rattrapée, fit valoir quelqu'un.

Sans mot dire, Zara se leva et alla chercher une boisson fraîche. Elle s'appuya à la porte du réfrigérateur et sirota lentement, le regard perdu au loin, laissant le reste de l'équipe débattre de ce qui lui était arrivé.

Elle avait énormément de chance de collaborer à ce projet qui marquerait sans nul doute l'histoire de l'archéologie. La cité d'Iskandiyar, fondée aux quatrième et troisième siècles avant Jésus Christ, était mentionnée par plusieurs auteurs classiques. Sa situation géographique avait intrigué tous les archéologues contemporains ; selon les écrits, elle était censée se trouver au bord du fleuve aujourd'hui nommé Sa'adat, « Bonheur ». Pendant plus d'un siècle, les explorateurs avaient recherché, en vain, une preuve de son existence.

Certains avaient fini par supposer que les descriptions des auteurs classiques étaient erronées. Mais Gordon, lui, ne les avait jamais remises en cause. L'archéologue avait consacré une grande partie de sa carrière à la recherche d'Iskandiyar. Un jour, il était tombé sur une référence beaucoup plus récente qui précisait que « sous son règne, la reine Halimah du Barakat avait fait construire des ponts, des tunnels et de nombreux bâtiments publics. Dans ce but, elle avait modifié à sa guise le cours de plusieurs fleuves, y compris celui du puissant Sa'adat... »

Il venait de trouver la clé du mystère : le cours du fleuve avait été détourné dix-huit siècles après la construction de la cité, ce qui expliquait que les ruines de cette dernière ne se situent par sur les rives actuelles du Sa'adat !

Par un heureux concours de circonstance, Zara suivait les cours de Gordon au moment où celui-ci avait découvert un site potentiel en plein désert, au sud du fleuve. Autre coup de chance, elle avait obtenu son diplôme alors que les fouilles étaient sur le point de débuter. Elle s'était aussitôt portée volontaire pour y participer.

La certitude de se trouver effectivement sur le site d'Iskandiyar n'existait que dans leurs cœurs jusqu'à ce qu'ils découvrent enfin l'imposant lion en marbre profondément enfoui dans le sable. Heureusement, les auteurs classiques avaient longuement décrit les « Portes aux Lions » d'Iskandiyar. Cette cité avait été fondée par Alexandre le Grand lors de son retour triomphant d'Orient, près de deux mille trois cents ans plus tôt. Peu de temps après, il s'était effondré, privé de mondes à conquérir...

Et voilà qu'elle se retrouvait là, remontant l'histoire et la recréant en même temps. Zara contempla les piliers blancs qui ressortaient si violemment sous le soleil aveuglant. Elle songeait souvent aux larmes qu'avait versées Alexandre en ce même lieu. Avait-il soudain pris conscience de l'existence d'un vide tout au fond de lui, un vide qu'il pouvait ignorer tant qu'il était en mouvement, qu'il menait des batailles, qu'il se lançait à la conquête de tout ce qu'il rencontrait ?

Zara n'avait pas trente-trois ans, l'âge d'Alexandre au terme de son extraordinaire épopée, et bien qu'elle eût la chance inouïe de participer à ce projet passionnant, elle savait qu'il lui restait encore de nombreux mondes à conquérir. Pourtant, elle éprouvait parfois l'envie de pleurer, elle aussi, tant son existence lui paraissait à certains moments vide, insipide. C'était comme si une petite voix intérieure lui soufflait qu'elle était passée à côté de quelque chose, qu'elle aurait dû prendre une autre voie...

Son métier la passionnait. Elle avait toujours aimé l'histoire. Essayer de comprendre les us et les coutumes d'autres époques, les motivations de civilisations disparues depuis longtemps, représentait pour elle une formidable gymnastique de l'esprit. Enfant, elle s'était rendue dans le cadre d'une sortie scolaire sur un site archéologique en plein cœur de Toronto et elle se souvenait encore de l'euphorie qu'elle avait éprouvée lorsqu'elle avait pris conscience que l'histoire pouvait être touchée, palpée, humée, enfouie dans le sol. Ce jour-là, elle avait su avec certitude ce qu'elle désirait faire de sa vie.

Elle avait obtenu de bons résultats scolaires puis avait été admise à l'Université de Toronto, où son enthousiasme et ses compétences n'avaient pas échappé à Gordon, qui l'avait prise sous son aile.

Sa vie privée était sans nuage. Elle avait passé une enfance heureuse, insouciante, avant de traverser les tourments classiques de l'adolescence : crises de larmes, portes qui claquent... Par chance, cette phase avait été relativement brève. Zara avait fréquenté quelques garçons, mais aucune de ces histoires n'avait débouché sur une relation durable. Bien sûr, elle espérait tomber amoureuse un jour, mais elle n'était pas pressée.

Et malgré tout, comme Alexandre... elle éprouvait parfois l'envie de pleurer.

Pourquoi ? Que lui manquait-il ? Que désirait-elle, au juste ?

Sans raison apparente, elle revit tout à coup le regard du chef des bandits, ce regard sombre qui l'avait transpercée, quelques jours plus tôt. Elle avait entraperçu un autre monde dans ces yeux, un monde à mille lieues de sa petite existence simple et aisée, un monde dont elle n'avait jamais rêvé... jusqu'à aujourd'hui.

L'espace d'un instant, elle songea à ce qui se serait passé s'il s'était lancé à sa poursuite... s'il l'avait forcée à enfourcher son cheval et l'avait emmenée loin, très loin.

Jamais elle n'avait couru aussi vite. Jamais son cœur n'avait battu aussi fort...

Elle ferma les yeux pour chasser ces souvenirs — mais l'image du bandit la poursuivit, comme imprimée au fer rouge dans son esprit.

2.

Durant tout l'après-midi, le campement fut en effervescence. Des hélicoptères arrivèrent, déversant autour de la tente du cheikh des bataillons de domestiques apportant nourriture et matériel ; des hommes allaient et venaient en jeep ou à cheval. Tout se déroulait dans le calme et la discipline.

A l'unanimité, les femmes décidèrent de sortir pour l'occasion leurs tenues de soirée et tout le monde quitta son poste de travail plus tôt que d'habitude afin de prendre le temps de se préparer. Une des bénévoles de l'équipe extirpa un fer à repasser de son sac et demanda la permission de le brancher sur le groupe électrogène. Les autres femmes de l'équipe poussèrent des exclamations ravies.

— C'est fantastique ! Comment as-tu pensé à prendre ça, Jess ?

— Ce n'est pas moi. C'est ma mère qui l'a glissé dans mes bagages. Je lui ai dit que je ne l'utiliserais jamais mais elle a insisté.

— Tu as une mère géniale. Pense à la remercier de la part de toute l'équipe dans ta prochaine lettre !

— Mais je vous préviens, je n'ai pas de planche à repasser !

— Une serviette ! Tout ce qu'il nous faut, c'est une serviette de toilette que nous poserons sur une table.

Les hommes s'éloignèrent en se grattant la tête.

Bientôt, une queue se forma devant la douche et la table à repasser improvisée. On s'interpellait, les plaisanteries fusaient au gré des allées et venues. Tout le monde avait songé à apporter une tenue élégante pour profiter des animations nocturnes du Barakat à un moment ou à un autre du séjour. Mais seuls quelques-uns — les plus chanceux — avaient pris ce que Gordon appelait avec humour « la panoplie complète ». Il était d'ailleurs de ceux-là, et étonna tout le monde en faisant son apparition juste avant l'heure du rendez-vous en queue-de-pie blanche et souliers cirés.

— Je me devais d'être à la hauteur, déclara-t-il en guise d'explication comme toute l'équipe demeurait bouche bée.

— Oh! là! là! Gordon, s'écria Lena d'un ton incrédule, on se croirait dans un de ces films... avec toi en tenue d'apparat au beau milieu du désert.

La blonde jeune femme, vêtue d'une robe fuchsia au profond décolleté assortie d'une veste fluide en mousseline rose ornée de broderies orientales, reçut elle-même maints compliments.

Mais ce fut Zara qui leur coupa le souffle. Petite et svelte, elle portait une robe de soie sauvage blanche d'une sobriété époustouflante qui tombait jusqu'à ses pieds hâlés, chaussés de fines sandales de cuir doré. Ses boucles brunes cascadaient sur ses épaules et dans son dos, un large bracelet en or ornait son poignet. Elle était tout simplement éblouissante. Une vision féerique. Lena la contempla d'un air dépité.

— Zut alors! A côté de toi, j'ai l'impression d'en avoir trop fait, déclara-t-elle, plaintive.

Mais un concert de voix s'éleva, lui assurant que la plupart des hommes appréciaient les femmes un tantinet provocantes.

— A commencer par moi.

Greg s'approcha de Lena et l'enlaça par la taille, lorgnant ouvertement dans son décolleté.

Lena gloussa en levant les yeux au ciel.

— Oh, Greg, crois-tu vraiment que je penserais encore à toi si le prince me faisait des avances !

— Parfait, sommes-nous au complet ? demanda Gordon d'une voix autoritaire par-dessus le brouhaha. Avant de partir, j'aimerais vous signaler que nous devrons probablement nous asseoir par terre, sur des coussins, et qu'il est très impoli dans cette partie du globe de tourner ses semelles en direction de quelqu'un. Par conséquent, évitez de garder les jambes tendues, chevilles croisées, pieds pointés en direction du prince. Débrouillez-vous pour replier les jambes sous vous. D'autre part...

Il leur communiqua d'autres consignes, puis consulta sa montre avant de déclarer :

— Très bien. Il est temps de partir.

Ils quittèrent l'auvent qui leur servait de salle à manger et se dirigèrent vers ce qu'ils appelaient encore en riant la tente du sultan.

A peine avaient-ils fait quelques pas qu'ils rencontrèrent un groupe de domestiques armés de torches vives, escortés d'un homme vêtu d'un somptueux costume bleu turquoise qui s'inclina respectueusement avant de se présenter. Il se nommait Arif ur-Rashid, Compagnon de la Coupe du prince.

— C'est extrêmement flatteur, murmura Gordon à l'oreille de Zara. Plus le roi ou son émissaire s'avance à la rencontre de ses invités, plus grand est l'honneur qu'il leur fait. Nous les avons croisés quasiment au seuil de notre campement. C'est une marque de respect considérable. J'ai l'impression qu'un beau festin nous attend ! Perles fines dissoutes dans le vinaigre et tout.

Zara laissa échapper un rire amusé. Elle était une des rares à apprécier l'humour caustique de Gordon qui la gratifia d'un sourire espiègle.

Cependant, il ne croyait pas si bien dire. Toute l'équipe retint son souffle, émerveillée, en franchissant le seuil de la tente.

Les archéologues avaient l'impression de pénétrer dans la caverne d'Ali Baba. A l'intérieur, tout brillait, tout étincelait, tout n'était que luxe et chaleur. Des couleurs profondes et riches ravissaient les yeux : vert émeraude, rubis, saphir, turquoise. Chaque centimètre carré de la toile de tente et du sol était recouvert de somptueuses tapisseries ou d'étoffes soigneusement teintes et le mobilier ciré — en noyer, acajou et bois exotiques — reflétait les flammes de milliers de bougies protégées par des globes de cristal délicatement peints.

Un peu partout se tenaient des hommes séduisants vêtus de riches tenues d'apparat : les Compagnons de la Coupe du prince. Les membres de l'équipe eurent l'impression d'avoir remonté le temps pour se retrouver à l'époque des Mille et Une Nuits.

L'un des Compagnons avait visité le chantier dans l'après-midi et Gordon l'avait présenté à tous ses collaborateurs ; il vint à leur rencontre et les conversations ne tardèrent pas à se nouer.

Soudain, le vrombissement d'un hélicoptère se fit entendre. Le silence s'abattit dans la tente. Tous les regards convergèrent vers l'entrée. Quelques instants plus tard, un petit groupe de jeunes gens fit son apparition. Comme un seul homme, les Compagnons pivotèrent sur leurs talons et s'inclinèrent avec révérence.

Les nouveaux arrivants portaient les mêmes costumes exotiques et colorés que les Compagnons. Quant au prince, on l'aurait reconnu entre mille, tant sa prestance et son éclat le détachaient du lot.

Il arborait une longue veste de soie crème, dotée d'un col légèrement montant piqué de minuscules pierres vertes, identiques à celles qui ornaient le bas de ses manches. Son pantalon bouffant et fluide était d'un beau

24

vert profond. Il portait sur sa poitrine une écharpe brodée de fil d'or ainsi qu'un double rang de perles fines d'un éclat incomparable, retenu à une épaule par un rubis de la taille d'un œuf. Une épaisse moustache noire ourlait sa lèvre supérieure. A l'instar de ses Compagnons, il ne portait pas de couvre-chef. Ses doigts étaient couverts d'or et de pierres précieuses.

Il leva une main autoritaire et, affichant un sourire chaleureux, prononça quelques mots en arabe avant d'enchaîner en anglais : « C'est très aimable à vous de faire honneur à ma modeste table. Que soit bénie une occasion aussi heureuse. »

Les efforts qu'ils firent tous pour trouver une réponse convenable auraient probablement fait rire Zara si elle-même ne s'était pas retrouvée bouche bée, comme pétrifiée.

Le prince Rafi reconnut Gordon dans la foule, qu'il fendit à grandes enjambées pour saluer le directeur de la mission. Arif lui emboîta aussitôt le pas. Le prince échangea quelques mots avec Gordon, puis Arif lui présenta Maeve. Et lorsque le prince entreprit de s'avancer vers chaque petit groupe, Arif le suivit afin de poursuivre les présentations. Le prince inclinait poliment la tête devant chacun, serrait les mains et échangeait quelques mots avant de s'éloigner.

Il sillonna ainsi toute la pièce avant de surgir soudain à côté de Zara. Elle découvrit alors deux choses qu'elle n'avait pu discerner de loin : le parfum de bois de santal et de myrrhe du prince, discret et entêtant à la fois, et son charisme impressionnant. Il n'était pas très grand, mais un sentiment de puissance extraordinaire se dégageait de lui.

— Mlle Zara Blake, Votre Altesse, déclara Arif.

Rougissante, Zara se força à rencontrer le regard du prince comme elle posait sa main dans la sienne.

— Mademoiselle Blake, Son Altesse Sérénissime

Sayed Hajji Rafi Jehangir ibn Daud ibn Hassan al Quraishi.

Les mots roulaient de sa bouche comme de la poésie.

— Mademoiselle Blake, c'est un immense plaisir pour moi de vous rencontrer, déclara le prince d'un ton suave.

— Enchantée, Votre Altesse, murmura Zara.

En dépit de ses convictions profondément démocratiques, elle sentit sa tête s'incliner presque malgré elle. Sans doute était-ce cela, la vraie royauté.

— J'espère que votre séjour dans mon pays sera long et fertile, reprit le prince.

Zara leva de nouveau les yeux mais elle fut incapable de soutenir son regard plus d'une seconde. Elle rougit de plus belle.

— Votre Altesse est trop aimable, dit-elle d'une voix à peine audible.

Elle s'attendait qu'il parte — avec les autres, les présentations avaient été courtoises mais brèves. Aussi fut-elle prise de court lorsqu'il lui demanda :

— Votre prénom est Zara ?

Il le prononçait avec une espèce de souffle posé sur la première voyelle. *Zahra.*

— Oui.

— C'est un très joli prénom. Dans ma langue, cela signifie à la fois fleur et splendeur, beauté.

— Ah... oh.

— Vos parents parlent-ils l'arabe ?

— Non... mon père a des origines françaises et ma mère...

Elle haussa les épaules, tenta un sourire.

— ... est une Canadienne pure souche. Je suis un mélange des deux.

Zara pesta intérieurement contre son soudain manque d'assurance, cette étrange confusion qui l'habitait. Cela ne lui ressemblait pas du tout. Il n'était prince que par un simple coup du destin et ses compliments ne valaient pas plus que ceux d'un autre. Elle n'avait donc aucune raison de rougir comme une écolière. Un regard furtif autour d'elle lui montra que les autres avaient eux aussi remarqué l'intérêt que lui portait le prince et elle se prit à souhaiter ardemment qu'il s'éloigne.

Il n'en fit rien. Levant de nouveau les yeux, elle eut tout juste le temps d'apercevoir le coup d'œil presque imperceptible qu'il adressait à Arif ur-Rashid.

Ce dernier hocha la tête, réclama le silence de sa voix mélodieuse et déclara :

— Mesdames et messieurs, ici, au Barakat, nous ne suivons pas la coutume occidentale. Chez nous, l'apéritif se déguste assis. Si vous voulez bien prendre place sans plus tarder à la table du prince...

Les tentures situées derrière Zara se soulevèrent tout à coup, révélant une salle à manger somptueuse.

Le prince Rafi présenta son bras à la jeune femme.

— Permettez-moi de vous accompagner, Zara.

Zara se raidit imperceptiblement. Les choses allaient beaucoup trop vite à son goût...

— Merci, Rafi, dit-elle d'un ton froid en posant la main sur son bras.

Il esquissa un sourire enjôleur et baissa légèrement les paupières, inclinant la tête de côté d'un air admiratif. Zara retint son souffle. Elle devait garder à l'esprit qu'elle évoluait dans une culture radicalement différente de la sienne. Quel message implicite venait-elle de lui transmettre à son insu ? Il se comportait comme si elle venait d'accepter une sieste coquine...

Son avenir n'était pas seul en jeu, songea-t-elle un peu tard. La mission archéologique dans son intégralité était à la merci de cet homme. Il suffirait d'un simple geste de sa part pour qu'ils soient obligés d'abandonner les fouilles et de quitter le pays.

Le reste de l'équipe leur emboîta le pas comme ils franchissaient la porte voûtée qui donnait sur la salle à manger.

Le prince Rafi escorta Zara au fond de la pièce tandis que celle-ci contemplait le décor avec un détachement feint. Des douzaines — ou étaient-ce des centaines? — de coussins de soie et en brocart entouraient une longue table basse. Le cristal côtoyait la porcelaine peinte, l'argent et l'or vieilli. Au centre de la table et tout autour de la toile de tente vacillaient les flammes d'une myriade de bougies, emprisonnées dans des boules de verre artistiquement décorées. Contre une des parois s'appuyait une fontaine en marbre — Zara n'en croyait pas ses yeux. Face à la table, de grands pans de toile avaient été roulés afin de laisser entrer la douce brise nocturne. Majestueusement éclairé par la lune et les étoiles, le désert faisait ainsi partie intégrante du décor. C'était la première fois que Zara était confrontée à tant de splendeur, tant de raffinement.

— C'est très beau, murmura-t-elle simplement.

Le prince Rafi esquissa un sourire.

— Je suis ravi que cela vous plaise, Zara.

Il l'entraîna à l'autre bout de la table. De délicieux effluves embaumaient l'air.

Le prince Rafi lui indiqua sa place d'un petit signe de la main. Il demeura près d'elle et Zara sentit son cœur chavirer en comprenant qu'elle avait été choisie pour dîner à côté de lui. Un Compagnon s'assit à sa gauche, suivi par Gordon; puis le reste de l'équipe et les autres Compagnons trouvèrent leurs places.

Le prince Rafi leva les mains pour inviter ses hôtes à s'asseoir. Zara s'installa sur les coussins moelleux, repliant gracieusement les jambes sur le côté. Lorsqu'elle se tourna, elle découvrit Arif ur-Rashid assis à côté d'elle.

Une douce mélodie emplit la pièce. Un groupe de musiciens venait de s'installer sur une petite estrade.

Arif tapa dans ses mains et plusieurs jeunes gens vêtus de blanc firent leur apparition. Les garçons portaient des carafes et les jeunes filles des bassines en argent entrelacé d'or. Ils s'approchèrent de la table et s'agenouillèrent auprès des convives. Une domestique vint se poster entre le prince et Zara. Posant délicatement la bassine sur ses genoux, elle présenta au prince un morceau de savon. Ce dernier prononça quelques mots d'une voix douce et la servante, rougissante, se tourna vers Zara et lui tendit le savon. Reconnaissante à Gordon de leur avoir parlé de ce rituel, Zara s'empara du morceau de savon et se lava les mains sous le jet d'eau qu'un jeune homme faisait couler de sa carafe.

Lorsque Zara eut terminé, le prince Rafi devança la servante et tendit la main au-dessus de la bassine. Le cœur battant à tout rompre, Zara glissa le savon parfumé au creux de sa paume. La grande main sombre se referma sur la fine barre nacrée et les lèvres de Zara s'entrouvrirent. Comme hypnotisée, elle le regarda frotter le savon entre ses mains jusqu'à ce qu'une légère mousse recouvre ses doigts. Puis elle leva les yeux vers lui.

Il l'observait, et un léger sourire embrasait son regard noir. Lentement, langoureusement, il laissa glisser le savon dans la bassine et leva les mains vers le garçon qui tenait la carafe. Le doux parfum de l'eau de rose se mêla aux autres senteurs subtiles qui assaillaient les narines de Zara.

— Prenez la serviette pour vous essuyer les mains, mademoiselle Blake, lui dit le prince.

Clignant des yeux, elle se tourna vers la jeune fille qui lui tendait une petite serviette.

— Merci, dit-elle en la gratifiant d'un sourire.

Elle se sécha les mains et regarda le prince en faire autant. Puis les deux jeunes gens s'éloignèrent pour rejoindre la file des porteurs d'eau. Tous s'inclinèrent respectueusement avant de quitter la pièce.

Tout de suite après, un autre groupe de domestiques fit son entrée avec les premiers plats. On disposa plusieurs assiettes sur la table tandis que d'autres étaient directement présentées aux convives. Les magnifiques timbales d'argent furent remplies d'eau, de vin ou de jus de fruits exotiques.

Lorsque l'agitation retomba, le prince Rafi leva sa coupe en or massif.

— J'aimerais présenter à toute l'équipe archéologique ici présente mes félicitations les plus sincères. Le site historique que vous venez de découvrir enrichira sans nul doute les connaissances que nous possédons déjà sur l'histoire de mon pays et des civilisations passées. J'aimerais remercier tout particulièrement M. Gordon Rhett, que j'ai appris à connaître au fil de ses nombreuses visites et qui a réussi à me communiquer son enthousiasme débordant concernant ce projet.

Il se tourna légèrement et leva sa coupe en direction de Gordon.

— Mais l'heure n'est pas aux longs discours. Les plaisirs de l'esprit ne sont appréciés que lorsque les plaisirs de la table ont été savourés !

Sur ce, il les invita à manger et à boire. Un trouble infini assaillit Zara. Lorsqu'il avait prononcé ce simple mot, « plaisir » — tout à fait anodin dans ce contexte-là —, elle avait eu l'impression de recevoir une décharge électrique...

« Je suis perdue d'avance, songea-t-elle tout à coup avec une lucidité terrifiante. S'il me désire vraiment, je serai incapable de lui résister ! »

3.

Au fil de la soirée, il devint évident que le prince Rafi n'avait d'yeux que pour Zara. Qu'il s'adressât à toute l'assistance ou bien à une seule personne, qu'il fût en pleine conversation ou qu'il demeurât silencieux, son regard ne cessait de revenir à la jeune femme. A plusieurs reprises, le prince s'interrompit et se pencha vers elle pour l'encourager à goûter les mets exquis qu'on lui présentait, pour faire signe aux domestiques de remplir son verre, ou encore pour lui demander avec un sourire charmeur si elle aimait tel ou tel plat.

Lorsqu'on apporta le mouton rôti, il leur raconta le jour où son père avait offert, comme le voulait la coutume du pays, l'œil du mouton à son invité de marque, l'ambassadeur du Royaume-Uni. Il imita avec humour l'expression de gratitude feinte qu'avait cru bon d'afficher le pauvre homme. Les rires fusèrent.

— A-t-il été obligé de le manger devant tout le monde ? demanda Zara.

Le prince Rafi posa sur elle un regard langoureux qui l'électrisa tout entière.

— Ma belle-mère, la première épouse de mon père et sa favorite, était alors toute jeune mariée. Elle était assise en face de l'ambassadeur. Au moment où celui-ci s'apprêtait à porter l'œil du mouton à sa bouche, elle a renversé son verre d'eau, faisant diversion ; cela a permis à l'ambassadeur de remplacer l'œil par autre chose, qu'il a pu ainsi savourer avec un réel plaisir. Il paraît qu'après cet épisode, ma belle-mère a réprimandé vertement mon père et lui a fait promettre de ne plus jamais offrir d'œil de mouton à un invité étranger.

Tous rirent de bon cœur. De son côté, Rafi admirait la courbe délicate du cou de Zara, ses grands yeux pétillant d'espièglerie et de bonne humeur, ses boucles noires et brillantes.

— Ma belle-mère était une étrangère elle aussi, reprit-il alors. Elle était familiarisée avec les autres cultures et donnait à mon père de précieux conseils. Elle l'a beaucoup aidé tout au long de son règne. C'est ce qu'il nous a toujours dit.

Il marqua une pause.

— Ils étaient très amoureux, et le temps n'a jamais eu de prise sur leur amour.

Il prononça cette dernière phrase en dévisageant Zara avec une intensité troublante. Le rire qui était encore sur les lèvres de la jeune femme mourut aussitôt tandis qu'un flot de sang envahissait ses joues. Elle décocha à Rafi un regard glacial.

— Pourtant, ça ne l'a pas empêché de prendre d'autres femmes, n'est-ce pas ?

Loin de paraître choqué, Rafi sourit, comme s'il appréciait qu'on le provoque.

— Ah, je vois que vous ne connaissez pas le destin tragique de mon père ! s'écria-t-il.

Il s'adressa aux musiciens.

— Savez-vous où est Motreb ? Demandez-lui de venir.

L'instant d'après, un homme vêtu d'un étrange accoutrement fit son apparition. Il tenait contre lui un instrument à cordes qui n'était pas sans rappeler un banjo.

— Motreb, j'aimerais que tu chantes pour mes amis l'histoire d'amour de mon père, ordonna le prince Rafi.

Il se pencha vers Haroun qui se tenait à sa gauche et lui

murmura quelques mots à l'oreille. Lorsque le chanteur commença à raconter l'histoire du grand roi tombé sous le charme d'une belle étrangère, le Compagnon alla se poster à côté de lui. Entre chaque phrase entonnée d'une voix rauque et plaintive, Motreb marquait une pause et pinçait les cordes de son instrument pendant que Haroun traduisait l'histoire du roi Daud.

— « Et tu ne prendras aucune autre femme que moi ? Tu ne peux pas le jurer. »

Zara, qui n'avait jamais entendu cette histoire, fut aussitôt captivée à la fois par le récit et par la mélopée triste et troublante qui l'accompagnait.

— « Si, je le jure. Personne d'autre que toi... »

Le roi Daud avait épousé la belle étrangère et, pour la plus grande joie de son peuple, avait fait d'elle sa reine. Trente années de bonheur avaient suivi, ponctuées par la naissance de deux fils, trente années de plénitude qui ne les avaient aucunement préparés à affronter le drame qui les avait frappés de plein fouet — un tragique accident d'avion.

— « Nous avons perdu nos fils adorés, mon mari. Je souhaiterais de tout cœur pouvoir te donner d'autres enfants, mais les années ont passé et je suis trop vieille... Ta promesse aussi, faite dans la fleur de l'âge, a vieilli. Je déclare qu'elle n'a plus de raison d'être. Elle a disparu avec nos fils. Je t'en prie, mon cher époux, choisis trois jeunes femmes et engendre un fils qui reprendra ton royaume, afin que ce pays demeure béni des dieux. »

Les larmes brûlaient les yeux de Zara tandis que, de sa voix triste, le chanteur racontait l'histoire extraordinaire du roi Daud. Quelque part, sur sa droite, elle entendit quelqu'un renifler, Lena probablement. Elle-même baissa la tête et sortit subrepticement un mouchoir de son sac.

Soudain, sa main libre fut emprisonnée avec douceur et fermeté, et le prince Rafi, portant ses doigts à ses lèvres, l'enveloppa d'un regard lourd de sensualité. Puis, avec une lenteur délibérée, il lui embrassa la main. Ce ne fut pas un simple effleurement des lèvres, non, mais une pression insistante de sa bouche entrouverte, une caresse incroyablement érotique. Malgré sa détermination à rester de marbre, Zara se sentit fondre. Son cœur battait à coups redoublés dans sa poitrine.

Elle déglutit péniblement. Jamais encore elle n'avait été l'objet d'une cour aussi insistante et manifeste. Lorsque la chanson fut terminée, le prince Rafi en personne versa du vin dans un gobelet d'argent pour le conteur, qui le but d'un trait et découvrit au fond une perle fine en guise de récompense. Il s'inclina et se retira. Quelques minutes plus tard, les conversations reprenaient.

Plusieurs Compagnons racontèrent tour à tour quelques anecdotes, puis de jeunes gymnastes leur offrirent un merveilleux spectacle, suivis d'une danseuse du ventre vêtue du costume le plus ensorcelant que Zara eût jamais vu. Ils écoutèrent ensuite une autre chanson. Apparemment, tous les artistes étaient payés en bijoux ou en or, dans la plus pure tradition orientale.

Pendant ce temps, les mets continuaient à se succéder — tout comme les regards admiratifs dont le prince Rafi enveloppait Zara. La jeune femme sentait les battements de son cœur s'accélérer chaque fois qu'il posait ses yeux noirs sur elle.

Il possédait un charisme incroyable; il était beau, terriblement viril et doté d'un sourire qui aurait fait fondre la plus blasée des femmes. Mais il était aussi le chef d'un peuple du désert, et Zara se sentait bien vulnérable...

Lorsque le dernier plat fut emporté, vide, de petites soucoupes en argent garnies de loukoums moelleux enrobés de sucre glace circulèrent parmi les convives. Ces derniers commencèrent à changer de places, entraînés par les Compagnons. Mais lorsque Zara voulut les imiter, la main ferme du prince Rafi s'abattit sur son bras. Elle n'eut pas la force de résister à cet ordre implicite.

Au bout d'un moment, le prince adressa un petit signe à l'intention du Compagnon prénommé Ayman, qui était à présent assis à côté de Lena. Sur un léger hochement de tête, Ayman se leva et quitta la pièce.

— Mes prédécesseurs avaient coutume d'offrir des robes d'honneur aux personnes ayant accompli une mission de grande importance, commença le prince Rafi. Etant donné que chacun d'entre vous contribue à apporter la preuve éclatante que le grand Iskandar, que vous appelez Alexandre, a non seulement traversé ce pays mais y a également fondé une ville, je suis heureux de vous remettre à tous un costume d'honneur traditionnel. Alexandre en personne reçut un de ces costumes lorsqu'il fut accueilli par mon lointain ancêtre.

A cet instant, Ayman réapparut, suivi des jeunes gens qui avaient apporté l'eau au tout début de la soirée. Cette fois, chacun d'eux portait une pile d'étoffe soigneusement pliée. Toutes les robes étaient de couleurs différentes, ornées de rayures, de volutes ou de motifs géométriques et brodées de fil d'or ou d'argent.

Les femmes laissèrent échapper des exclamations de surprise et de ravissement tandis que les hommes arboraient de larges sourires. Tous bondirent sur leurs pieds et essayèrent aussitôt leur nouvelle tenue.

Une ravissante jeune fille qui couvait Zara d'un regard béat d'admiration s'agenouilla à côté d'elle, les bras chargés de tissu scintillant. Zara la remercia. L'adolescente jeta un coup d'œil en direction de Rafi qui lui adressa un hochement de tête approbateur. A la surprise de Zara, la servante gratifia le prince d'un sourire affectueux avant de s'éclipser sur une petite révérence.

— D'où viennent ces jeunes domestiques? s'enquit Zara.

Le prince Rafi partit d'un rire sonore.

— Ce ne sont pas des domestiques! Ce sont de jeunes courtisans, tous frères et sœurs de mes Compagnons —

quand ce ne sont pas des cousins à moi... Ils font leurs études au palais et en même temps que les sujets académiques et les langues étrangères, ils apprennent les règles de l'hospitalité.

Tout le monde était debout à présent. Les essayages se poursuivaient, ponctués de cris admiratifs.

— Oh, mon Dieu ! s'exclama Zara, le souffle coupé, en découvrant sa tenue.

La longue tunique semblait faite d'or filé orné de riches broderies vertes et rouges. A la fois précieuse et exotique, elle paraissait tout droit sortie d'un tableau médiéval.

— Elle est magnifique ! murmura-t-elle d'une voix mal assurée. Mais je ne peux pas...

A quelques pas, Gordon exhibait fièrement sa propre tenue. En entendant ses protestations, il lui jeta un bref coup d'œil qu'elle n'eut aucun mal à interpréter. Refuser ce genre de présent constituait une grave insulte. Et si elle insultait le prince, le site pourrait fermer du jour au lendemain.

— C'est vraiment très beau, reprit-elle en ramenant ses pieds devant elle pour tenter de se lever le plus gracieusement possible.

Hélas, son pied resta bloqué dans l'ourlet de sa robe et avant qu'elle ait eu le temps de comprendre ce qui se passait, elle trébucha.

Les bras de Rafi l'emprisonnèrent rapidement. Il ferma les yeux comme la longue chevelure de jais de Zara cascadait sur son visage. La robe d'honneur échappa des mains de la jeune femme et s'étala légèrement autour d'eux, scintillant à la lueur des bougies comme un objet magique, d'une valeur inestimable.

Inspirant profondément, paupières closes, le prince Rafi colla ses lèvres à son oreille.

— Le parfum de vos cheveux conduirait un homme au bord de la folie. Je n'ai pas cessé de rêver de vous, jour et nuit.

36

Le tableau qu'ils formaient en cet instant précis aurait pu rivaliser de beauté avec ceux, inestimables, de la collection privée du prince. Même les Compagnons demeurèrent bouche bée. C'était comme si le temps avait suspendu son vol. Les autres convives semblaient pétrifiés ; tous les regards étaient tournés vers eux.

Une étrange torpeur habitait Zara, soudain, une torpeur qui anéantissait toute sa volonté. Le contact de Rafi, ses paroles chuchotées dans le creux de son oreille l'électrisaient.

— Je... je suis désolée, balbutia-t-elle en tentant désespérément de se relever. J'ignore ce qui me rend si maladroite.

— Vraiment ? demanda-t-il avec un sourire entendu.

Il l'aida à se mettre debout.

— Eh bien... enfin...

Elle ne savait même plus ce qu'elle disait. S'exhortant au calme, elle s'empara de la tunique et l'enfila.

Elle était d'une beauté extraordinaire. Derrière, la jupe s'étalait sur le sol, formant un grand demi-cercle, tandis que devant, plus courte, elle caressait à peine ses chevilles.

— Merci, chuchota-t-elle.

A son grand soulagement, Gordon vint s'asseoir près d'eux et s'adressa au prince Rafi.

— Il me semble qu'il est de mon devoir de vous informer qu'un membre de notre équipe a aperçu un groupe de bandits l'autre jour. Ils étaient relativement nombreux et je crains que notre système de protection ne soit pas assez solide pour résister à d'éventuelles attaques.

Le prince se redressa vivement.

— Des bandits ! s'écria-t-il. Si près d'ici ! Jalal s'aventure rarement de ce côté-ci du fleuve. Son campement se situe sur le territoire de mon frère. Où ont-ils été aperçus, exactement ?

— A l'oasis. Certains membres de l'équipe y vont

pour se détendre et se rafraîchir lorsqu'ils ont un peu de temps. Nous savons tous qu'il est imprudent de s'éloigner du campement, mais la cascade qui se trouve là-bas représente une tentation à laquelle il est difficile de résister.

— C'était à la cascade ? répéta Rafi d'un ton différent.

Il se tourna vers Zara, qui s'était rassise pour écouter la conversation.

— Quand cela s'est-il passé ? Combien étaient-ils ?

Zara esquissa un sourire.

— C'était il y a trois jours. Je n'ai pas pris le temps de les compter. Un seul regard m'a suffi pour comprendre qu'il valait mieux que je prenne mes jambes à mon cou ! Ils devaient être environ une douzaine. Tous juchés sur de magnifiques chevaux.

Il la considérait avec attention.

— Avez-vous eu peur ?

— J'étais terrifiée, admit-elle simplement.

— Et leur chef... l'avez-vous vu ?

— Je pense que oui, répondit Zara, réprimant un frisson au souvenir du regard sombre du bandit et de sa propre réaction.

Une réaction très proche de ce qu'elle éprouvait en cet instant...

— L'un d'eux en tout cas dégageait un air d'autorité incontestable.

— Et lui... Est-ce qu'il vous a vue ?

De nouveau, ce regard noir, plein de passion, fit irruption dans son esprit et, serrant les lèvres, Zara se contenta de hocher la tête.

— Mais ils n'ont pas essayé de vous capturer ? Ils étaient douze et vous avez tout de même réussi à vous enfuir ?

— Je ne crois pas qu'il... qu'ils aient essayé de me suivre. S'ils avaient vraiment voulu m'enlever, ils auraient réussi sans aucun problème.

Pour une raison qu'elle ignorait, sa bouche devint sèche. Un détail indéfinissable, quelque chose qui n'avait pas encore pénétré sa conscience, la plongeait dans une grande confusion.

— Il s'est conduit comme un idiot, si vous voulez mon avis, déclara le prince Rafi. Quand un homme voit ce qu'il veut, ne devrait-il pas tout faire pour l'obtenir, sur-le-champ ?

Un sourire naquit sur les lèvres de Zara.

— Peut-être n'a-t-il pas vu ce qu'il désirait, voilà tout, répondit-elle, sachant pertinemment qu'elle mentait.

— Quel homme ne vous aurait pas désirée ? Vous étiez tellement belle là-bas, debout sous la cascade, à demi nue, votre peau nacrée parsemée de gouttes d'eau semblables à mille diamants... Il a même dû être jaloux de ses compagnons qui profitaient aussi de ce merveilleux spectacle. S'il n'a pas voulu se lancer à votre poursuite et vous enlever alors, c'est probablement parce qu'il nourrissait d'autres projets à votre égard. Le roi Khosrow n'est-il pas tombé follement amoureux de Shirin lorsqu'il l'a aperçue dans son bain ? Par la suite, il n'a reculé devant rien pour la conquérir.

Plaquant les doigts sur ses lèvres, Zara étouffa un petit cri. Autour d'elle, les conversations cessèrent brusquement. Elle abaissa lentement la main tandis que son regard, comme attiré par un aimant, plongeait dans celui de Rafi. Il suffisait d'imaginer le bandit sans le keffieh blanc qui enveloppait sa tête et son menton...

Tout devint clair, brusquement. Le soudain intérêt du prince pour le projet, le banquet... Oui, tout s'expliquait. Elle comprenait aussi pourquoi il l'avait placée à côté de lui...

Son Altesse Sérénissime Sayed Hajji Rafi Jehangir ibn Daud ibn Hassan al Quraishi était bien l'homme qui l'avait surprise sous la cascade, au beau milieu de l'oasis.

L'homme qu'elle avait pris pour un bandit.

4.

Au prix d'un effort, Zara parvint à s'arracher au regard pénétrant du prince. Elle s'aperçut alors que tous les membres de l'équipe archéologique la fixaient avec curiosité. Les Compagnons, plus délicats, faisaient comme si de rien n'était.

Son cerveau refusait de fonctionner. Elle avait besoin d'air, de solitude.

— Excusez-moi, murmura-t-elle.

Bondissant sur ses pieds, sa longue robe flottant derrière elle, étincelante, Zara traversa la pièce, se frayant un chemin entre les petits groupes de convives.

Dehors, la pleine lune baignait le désert d'une lumière argentée.

Pressant ses mains contre ses joues brûlantes, Zara prit la direction de l'oasis. Un étroit couloir y menait, plongé dans l'obscurité, mais elle connaissait bien le chemin. Elle y pénétra, attentive au ruissellement de l'eau qui cascadait contre les rochers, un peu plus loin.

Selon Gordon, c'était ici que passait le cours du fleuve avant d'être détourné par la reine Halimah. Une source souterraine subsistait, et c'était elle qui créait l'exquise cascade et les bassins qui l'entouraient.

Zara s'assit sur une pierre et glissa une main dans l'eau claire du bassin pour s'asperger le visage.

La lune éclairait le paysage, projetant des ombres sur

les parois rocheuses, faisant scintiller la surface de l'eau, sa chevelure, sa robe mordorée.

Deux mille trois cent trente années s'étaient écoulées depuis qu'Alexandre était arrivé ici avec son armée, mais l'humanité n'avait pas beaucoup changé depuis. Les hommes continuaient à être consumés par la jalousie et la passion... Et les pulsions physiques ressemblaient étrangement à ce fleuve : si l'on essayait de les brider, elles se réfugiaient sous terre pour rejaillir de plus belle dès que le terrain était plus vulnérable.

Que devait-elle faire au sujet du prince Rafi ? Elle ne pouvait nier l'attirance qu'ils éprouvaient l'un pour l'autre. Elle l'avait déjà ressentie lorsqu'elle l'avait pris pour un bandit, et la découverte de sa véritable identité n'avait pas atténué la violence de sa réaction, loin de là.

Mais elle était une étrangère en pays inconnu, une femme convoitée par un souverain. Elle n'avait aucune idée des dangers qu'elle encourait si elle laissait libre cours à ses émotions. Elle ne parlait quasiment pas la langue du pays, connaissait peu ses coutumes et sa culture. Elle maîtrisait davantage l'histoire du Barakat, ses anciennes dynasties, les grands événements qui avaient marqué son passé.

A supposer qu'elle s'abandonnât à Rafi... Sur quoi déboucherait leur idylle ? Les rois avaient-ils pour coutume de libérer leurs maîtresses une fois qu'ils les avaient aimées ? Ou bien les enfermaient-ils jalousement dans leurs harems, sans plus s'intéresser à elles mais en refusant de les laisser partir vers d'autres rencontres ?

Zara entendit soudain derrière elle un bruit métallique suivi d'une espèce de reniflement, comme un cheval qui renâcle. Prise de panique, elle se redressa.

— Qui est là ? appela-t-elle, s'efforçant de maîtriser l'angoisse qui perçait dans sa voix.

Parcourue d'un violent frisson, elle se leva. Que se passerait-il si le prince Rafi l'avait suivie jusque-là ? S'il avait interprété sa fuite comme une invitation ?

Elle entendit un bruit de pas. Le ruissellement de l'eau couvrait le reste mais elle eut l'impression que le bruit venait du couloir qui fendait les rochers. C'était bien le prince Rafi... Un flot de panique l'envahit. Légère comme le vent, elle se précipita vers le piton rocheux. Maudite soit la pleine lune ! Sa lumière jouait sur la tunique étincelante, trahissant sa présence même dans l'obscurité.

Zara promena un regard affolé autour d'elle, scrutant la pénombre, s'efforçant de se remémorer la configuration de l'endroit. Il y avait une niche quelque part, une sorte de petite grotte où elle pourrait se cacher, mais les ténèbres étaient épaisses... Le souffle court, elle s'engouffra en terrain inconnu.

Elle poussa un hurlement de stupeur lorsqu'un immense cheval noir se dressa devant elle. Tout droit surgie de l'obscurité, une silhouette apparut et de grandes mains sombres se tendirent vers elle. Le prince ! Mon Dieu, avait-il perdu la raison ? songea-t-elle juste avant que les mains puissantes la saisissent, que deux bras musclés la soulèvent. Elle sentit la chaleur du cheval sous ses cuisses tandis que son visage se retrouvait plaqué contre le torse du cavalier.

Elle s'agrippa à lui pour ne pas tomber. Déjà, le cheval repartait dans un galop effréné. Le cœur de Zara battait à coups redoublés dans sa poitrine. Elle n'avait même pas crié...

Mais cela lui était impossible, à présent. Son visage était pressé contre le torse du cavalier et elle ne pouvait s'en écarter. Un parfum de sueur, de désert et de cheval parvenait à ses narines à travers le long burnous qu'il portait par-dessus ses vêtements.

Soudain, elle sentit ses petits cheveux se dresser sur sa nuque.

Ce n'était pas le parfum du prince. Rafi sentait le bois de santal, la myrrhe et une autre odeur, tout à fait personnelle, qu'elle ne retrouvait pas en cet instant.

Au même moment, elle entendit un juron résonner dans la poitrine du cavalier, tout contre sa joue, et le cheval opéra une brusque volte-face, se cabrant à moitié. L'espace d'un instant, le bras de l'homme la lâcha comme il s'efforçait de tirer les rênes. Zara en profita pour se redresser légèrement et vit un homme projeté au sol par les violentes ruades du cheval.

Dans la clarté de la lune, son burnous prenait des reflets violets mais elle le reconnut tout de suite. Le prince Rafi se releva souplement et voulut se mettre à leur poursuite mais le cavalier avait déjà relancé son cheval au galop, et le prince fut distancé en quelques secondes.

Elle se mit alors à hurler — un cri long et sonore — mais il était trop tard. Autour d'elle s'étendait l'immensité du désert, triste, vide. Inquiétante. Une nouvelle vague de terreur la submergea. Avant qu'elle puisse pousser un autre cri, cependant, une main puissante enserra sa nuque et enfouit son visage dans les nombreux plis du burnous.

Elle avait peur de tomber du cheval, qui dévalait le flanc d'une falaise dégringolant à pic jusqu'au sable. Elle avait peur d'étouffer, plaquée contre l'étoffe qui l'empêchait de respirer correctement. Mille questions la taraudaient. Quel sort lui réservait le bandit ? Mourrait-elle avant de le savoir, piétinée par les sabots du cheval déchaîné ?

Elle devait absolument rester calme. Il était inutile de spéculer sur ce qui l'attendait. Mieux valait réagir intelligemment, afin de trouver un moyen de s'échapper.

— Si vous vous débattez, je vous attacherai à la selle, grommela l'homme lorsqu'elle essaya de bouger. Et si vous essayez de crier, je vous assommerai.

De violents frissons la parcoururent au son de sa voix

menaçante. Il avait l'air d'un homme déterminé, prêt à tout pour parvenir à ses fins.

— Mais je ne peux pas respirer ! protesta-t-elle.

Le cavalier lui permit de tourner son visage vers l'extérieur, mais il garda une main plaquée sur sa bouche. Maudissant son impuissance, Zara s'efforça de rassembler ses esprits. Il devait bien y avoir quelque chose à faire ! Sans doute les suivait-on déjà. Le prince Rafi, Gordon... Ils avaient tout de suite dû s'élancer à la poursuite du bandit.

Zara se rendit compte rapidement que le bandit pensait à la même chose. Au bout d'un moment, ils quittèrent la piste sablonneuse et s'engagèrent sur une vaste étendue parsemée de pierres et de roches. Là, il fit pivoter sa monture de façon à se retrouver presque face au chemin qu'ils avaient parcouru. En quittant le camp, le bandit avait pris la direction de l'est ; ils chevauchaient à présent vers l'ouest ou le nord-ouest. Au bout de combien de temps les autres abandonneraient-ils la première piste pour explorer les autres directions ? Tout à fait à gauche, au loin, ils entendirent soudain le moteur d'un hélicoptère déchirer le silence pesant du désert. Du coin de l'œil, Zara aperçut une faible lueur dans le ciel ; le faisceau lumineux balayait le désert, à leur recherche. Si seulement elle pouvait laisser un indice, quelque chose qui les avertisse de la nouvelle direction qu'ils avaient prise ! Quelque chose qui brillerait sous le faisceau de lumière... ses sandales dorées, par exemple.

Très lentement, le plus discrètement possible, Zara fit glisser la bride de sa chaussure sur son pied et s'en débarrassa. Elle ne regarda pas en arrière, elle n'essaya pas de voir où la sandale était tombée. Il se passerait peut-être plusieurs jours avant qu'on ne la découvre — si on la découvrait un jour. Quelques kilomètres plus loin, elle se débarrassa de son autre chaussure.

L'hélicoptère suivait la mauvaise direction, s'éloignant lentement vers l'est. Le bruit saccadé de ses pales s'atténua. L'étreinte du cavalier se relâcha légèrement.

— Ils ne vous entendront plus, à présent, déclara-t-il.

Le cheval continua à galoper. Elle avait mal à la hanche et elle bougea légèrement afin de trouver une position plus confortable. La tunique dorée flottait au gré du vent, telle une bannière. Elle tira sur l'étoffe, presque étonnée de l'avoir gardée.

— Où m'emmenez-vous ? demanda-t-elle d'une voix enrouée.

— A mon campement.

— Votre campement ne se trouve-t-il pas de l'autre côté du fleuve ?

Il baissa les yeux, le visage baigné par le clair de lune. Zara retint son souffle.

— Vous ressemblez au prince Rafi ! murmura-t-elle.

L'homme rejeta la tête en arrière avec un rire ironique.

— Vraiment ?

— Qui êtes-vous ?

— Ne vous a-t-on rien dit sur moi ? Je suis Jalal le Bandit, petit-fils du grand Selim.

— Qui..., commença Zara avant d'être interrompue.

— Gardez votre salive ; je ne répondrai pas à vos questions et nous avons encore un long et pénible chemin à parcourir.

Il avait dit la vérité. Zara avait perdu toute notion du temps ; elle n'était jamais restée sur un cheval plus d'une heure et ses membres tout endoloris commençaient à la faire souffrir. Soudain, la voix profonde de son ravisseur déchira le silence.

— Je dois vous bander les yeux, à présent.

Elle émergea de la torpeur dans laquelle elle avait sombré. Depuis combien de temps avaient-ils quitté l'oasis ? Le cheval était couvert de sueur, visiblement éprouvé par le parcours qu'il venait d'accomplir.

Jalal leva un bras et déroula la longue écharpe qui protégeait sa tête.

— Couvrez votre visage et vos yeux.

Sans doute approchaient-ils d'un point de repère qu'elle serait capable d'identifier. Jetant un dernier regard autour d'elle afin de mémoriser le paysage qui l'entourait, elle prit le morceau de tissu et l'enroula autour de son visage.

Devant eux se dressait un piton rocheux qu'un jeu d'ombres rendait impressionnant. Elle crut entendre un ruissellement, au loin.

Une soudaine rafale de vent les frappa de plein fouet et sa tunique se gonfla dans un claquement sec. Une pensée surgit tout à coup dans l'esprit de la jeune femme. Voici le dernier indice qu'elle pouvait laisser derrière elle. Un indice sûr, sans équivoque. S'il le trouvait, le prince Rafi le reconnaîtrait aussitôt, cela ne faisait aucun doute. Ainsi, il saurait qu'elle était passée par là...

Tout en enroulant l'écharpe autour de son visage, Zara glissa discrètement un bras hors du somptueux vêtement. Elle masqua finalement ses yeux puis, à l'aveuglette, centimètre par centimètre, elle ramassa la tunique sur ses genoux.

Au bord de l'épuisement, le cheval lutta encore quelques minutes tandis qu'elle suffoquait de peur derrière les épaisseurs de tissu collées à son visage. Enfin, le cavalier ordonna à sa monture de se mettre au pas. Zara se raidit, prête à passer à l'action. Elle perçut le bruit d'un écho, comme s'ils approchaient d'une étendue fermée. Tirant brusquement son autre bras de l'emmanchure, elle se mit à hurler et fit mine de se débattre.

Elle n'était pas de taille à résister à la force du bandit et son mouvement de rébellion dura à peine plus d'une seconde. Mais elle avait réussi à se libérer de la robe.

— Baissez-vous, c'est très bas, ordonna-t-il d'un ton sec en l'obligeant à se pencher sur l'encolure du cheval avant de se plaquer contre elle.

C'était sa dernière chance. Zara tira sur le vêtement

froissé et le jeta de toutes ses forces, aussi discrètement que possible. Quelques minutes plus tard, les bruits qui résonnaient autour d'eux lui indiquèrent qu'ils pénétraient dans une espèce de grotte.

— Couvrez votre visage, ordonna de nouveau le cavalier.

Derrière eux, l'étoffe dorée étincela quelques instants dans le clair de lune avant de retomber sur le sable.

Rafi courut jusqu'à l'hélicoptère et tira sur la porte avant de se souvenir qu'Ammar l'avait verrouillée. Pour le cas où Jalal aurait eu la mauvaise idée de le dérober, songea Rafi avec amertume. Ce contretemps octroierait au bandit une bonne longueur d'avance qu'ils ne rattraperaient jamais. Rafi repartit en direction de la tente, appelant les Compagnons d'une voix sonore. Mais le brouhaha qui régnait à l'intérieur couvrait ses appels, comme il avait couvert le martèlement des sabots et le cri de Zara.

Lorsqu'il atteignit la tente, il savait déjà qu'il s'était écoulé trop de temps. Le bandit pouvait avoir pris n'importe quelle direction et dans l'obscurité, sa trace serait difficile à suivre.

Ses appels furent enfin entendus et le silence s'abattit soudain dans la tente. On entendit des cris, des exclamations et les Compagnons sortirent en trombe, sur le qui-vive, suivis de près par tous les membres de l'équipe archéologique. Les questions fusèrent.

S'efforçant de maîtriser son impatience, Rafi leur raconta ce qui s'était passé et ordonna à plusieurs Compagnons de prendre les 4x4 afin de se lancer aussitôt dans une poursuite probablement perdue d'avance.

— Il est parti vers l'Est jusqu'à ce que je le perde de vue, expliqua-t-il. Mais il n'est pas idiot. Il a sans doute pris une autre direction après.

Quelques instants plus tard, il s'élança de nouveau vers l'hélicoptère, Arif et Ammar sur les talons.

— Pourquoi n'ai-je pas laissé un garde en poste ce soir? lança-t-il d'un ton rageur lorsqu'ils furent tous installés dans le cockpit.

Ammar prit les commandes.

— Devons-nous nous rendre directement à son campement ou devons-nous plutôt suivre ses traces? s'enquit Arif quand l'appareil décolla.

— Suivons ses traces, ordonna Rafi en s'efforçant de scruter les ombres projetées par le clair de lune.

— Son campement est toujours de l'autre côté du fleuve, n'est-ce pas? intervint Ammar en allumant le spot placé sous l'hélicoptère. Il sera donc contraint de traverser le pont. Pourquoi ne pas l'y attendre?

— Nous ne sommes pas sûrs qu'il l'emmènera directement là-bas. Cela fait longtemps qu'il projetait de prendre un otage, il aura probablement prévu de le séquestrer ailleurs que dans son propre campement, répondit Rafi, mâchoires contractées. Appelle néanmoins Haroun, et dis-lui de monter la garde au pont.

L'air était étrangement saturé d'humidité, et le claquement des sabots résonnait tout autour d'eux. Ils descendaient en pente douce. Zara tendait l'oreille, s'efforçant de capter les moindres petits bruits. Etait-elle dans une grotte? Si oui, celle-ci était immense. Pourtant, elle avait la nette impression qu'ils n'avaient pas pris la direction des montagnes. Une caverne souterraine?

Au bout de ce qui lui parut une éternité, l'humidité s'atténua et le sentier grimpa de nouveau. Tout à coup, le cheval se mit à hennir doucement et une voix s'éleva.

Son ravisseur parla et la voix répondit. A travers l'épaisseur de l'écharpe qui ceignait son visage, Zara aperçut une faible clarté. Le cheval s'immobilisa ; son maître lança quelques ordres d'un ton bref. L'instant d'après, quelqu'un soulevait Zara.

Elle ne cria pas, ne tenta pas non plus de se débattre. Autant ne pas leur fournir d'excuse pour la maltraiter, songeait-elle, glacée jusqu'aux os. Mais en avaient-ils seulement besoin ?

Rafi étouffa un juron. Jamais plus il n'achèterait d'hélicoptère civil. Sans éclairage infrarouge, comment effectuer des recherches de nuit ? D'autant que c'était le désert entier qu'il aurait fallu passer au peigne fin. Ils avaient contacté le camp militaire le plus proche pour réquisitionner deux Sikorskys, mais Rafi savait d'ores et déjà que leur mission serait vaine. Ils avaient largement laissé le temps à Jalal de regagner son repaire, où qu'il fût. Et le bandit n'était pas stupide au point de prendre le risque de parcourir le désert toute la nuit avec son otage.

Malgré tout, ils poursuivirent leurs recherches. Des milliers de pistes sillonnaient le désert, et le bandit en avait choisi une... Laquelle ?

A l'aube, après avoir ordonné de continuer à fouiller la région, Rafi regagna son palais et s'enferma, seul, dans son bureau. Il resta là un long moment, plongé dans ses pensées. Mais même ses réflexions lui semblèrent vaines. Quelles que fussent ses exigences, Jalal se manifesterait bien assez vite. Avant cela, il devait avertir ses frères.

— Ah, il sait choisir ses femmes, ce prince Rafi ! s'exclama le bandit.

D'une blancheur éclatante, ses dents étincelaient·contre sa barbe noire.

— Il ne m'a pas du tout choisie, répliqua la jeune femme. Je fais partie d'une mission archéologique cana-dienne et croyez-moi, le gouvernement canadien...

Un rire sonore l'interrompit.

— Nous avons appris que le prince Rafi avait suivi les traces de Khosrow en tombant amoureux d'une jeune femme qui prenait son bain. Ne prétendez pas qu'il ne s'agissait pas de vous. Je vous ai vue dans une robe d'une immense valeur que seul le prince a pu vous offrir. J'ai admiré aussi votre remarquable beauté. Au clair de lune, j'ai bien failli vous prendre pour une Peri. A la lueur du feu, votre beauté est encore plus ensorcelante.

Ils étaient entourés de grosses pierres et de ruines anciennes. Mais l'éclat du brasier l'empêchait de distinguer réellement le site. Elle apercevait des silhouettes qui allaient et venaient, visiblement absorbées par des occupations ordinaires. Où pouvaient-ils bien se trouver ?

— Il a offert une robe à chaque membre de l'équipe, lança Zara avec une désinvolture feinte.

Elle se sentait au bord de la nausée. Il ressemblait tellement au prince Rafi ! Une ressemblance si prononcée pouvait-elle n'être que le fruit du hasard ? Signifiait-elle autre chose ?

— Nous avons découvert la cité perdue fondée par Alexandre, reprit-elle au prix d'un effort. Le prince Rafi ne s'intéresse pas à moi personnellement, vous vous trompez.

Le visage ténébreux du bandit se ferma.

— Si vous dites vrai, c'est très regrettable pour vous.

5.

De la part de Jalal Ibn Aziz, à l'attention de Son Altesse Sérénissime Rafi Ibn Daud : Ta femme se trouve entre mes mains. Il ne lui sera fait aucun mal si tes frères Omar et Karim et toi acceptez de me recevoir pour entendre mes revendications.

— C'est entièrement ma faute ! déclara Rafi.

Le prince Karim et le prince Omar étaient arrivés pour un conseil de guerre.

— J'aurais dû laisser des gardes en poste.

— C'est vrai, admit Omar d'un ton neutre. Pourquoi n'y as-tu pas songé ?

— Parce que j'étais totalement sous le charme de longues boucles brunes, comme le grand Khosrow, soupira Rafi.

Karim hocha la tête.

— C'est ce que nous avons appris. Il paraît qu'en rentrant d'une balade à cheval, tu as ameuté tout le personnel du palais afin qu'ils préparent un grand banquet en plein désert. La rumeur dit que tu aurais vu une femme se baigner à l'oasis Sahra et que cette femme t'aurait fait perdre la tête. Tes cuisiniers ont travaillé comme des forcenés trois jours durant.

— Les nouvelles vont vite, n'est-ce pas ? ironisa Rafi.

— Lorsqu'un prince perd le contrôle de ses émotions, il y a toujours quelqu'un pour avertir les autres.

— Je ne nie pas les faits. Je suis tombé amoureux d'elle et à présent, à cause de moi, elle est en danger. Je m'en veux terriblement. Si nous avions écouté tes mises en garde, Omar, nous aurions réglé son compte à Jalal il y a déjà des années.

— Nous allons en finir avec lui maintenant, déclara Omar.

D'un commun accord, ils avaient décidé que les tribus de leurs pays leur reprocheraient leur faiblesse s'ils accédaient à la demande de Jalal, qui voulait les rencontrer depuis déjà plusieurs années.

— Bien sûr, j'espérais pouvoir me marier avant de lancer une opération de ce genre dans le désert. Mais il est plus urgent de mettre ce bandit hors d'état de nuire, reprit Omar.

— Est-ce que nous savons où il l'a emmenée ?

— J'ai lancé la moitié de l'armée à sa recherche mais une chose est sûre : il est toujours de ce côté-ci du fleuve. Il n'a pas traversé le pont Dar al Jenoub, nous l'avons placé sous surveillance avant qu'il ait le temps de l'atteindre. Et maintenant que vos hommes surveillent les autres ponts... D'autre part, aucun avion suspect n'a été repéré dans la région.

— Il avait donc prévu de rester au Barakat Oriental.

— En attendant que mes hommes découvrent son repaire, il n'y a qu'un seul moyen de savoir où il se trouve, dit Rafi.

Ses frères le fixèrent d'un air interrogateur.

— Il faut que quelqu'un infiltre son campement et mène une enquête discrète. On doit bien savoir, là-bas, où il la retient.

Karim et Omar acquiescèrent en silence.

— Oui, c'est une bonne idée, approuva Karim au bout d'un moment. Qui comptes-tu envoyer ?

— J'irai moi-même, répondit Rafi.

De la part de Son Altesse Sérénissime Sayed Hajji Rafi Jehangir Ibn Daud Ibn Hassan Al Quraishi, prince du Barakat Oriental, à l'attention de Jalal le Bandit : Nous refusons d'accéder à ta demande. Nous t'ordonnons de relacher ton otage sur-le-champ. Souviens-toi de l'Epée de Rostam. Libère ton otage.

Zara souleva le vieux gobelet en fer blanc pour la troisième fois en cinq minutes et eut la confirmation qu'il n'y avait plus d'eau dedans. Il n'y en aurait pas tant que la femme ne lui en aurait pas apporté. Mais une soif ardente la consumait et elle ne pouvait s'empêcher de vérifier régulièrement le contenu du gobelet. Si elle n'avait pas de montre, son horloge biologique lui certifiait que la vieille femme était en retard. Elle venait tous les jours, une fois le matin et une fois en fin d'après-midi, pour lui apporter une petite ration d'eau et de nourriture et vider les latrines. Le reste du temps, Zara était toujours seule.

Elle était enfermée dans une pièce délabrée d'une ancienne bâtisse en ruine. Cela faisait à présent trois jours qu'elle portait la même robe. Une robe blanche maculée de taches. La saleté dans laquelle elle vivait était pire que tout. Pire que les tiraillements de la faim et la brûlure de la soif. Elle ne supportait pas de se sentir souillée. Les épaisses parois de sa cellule étaient censées garder la fraîcheur mais malgré tout, les après-midi restaient torrides et de grosses gouttes de sueur baignaient son corps.

Il n'y avait pas de porte et la pièce était vide, entourée de murs à moitié écroulés. Le carrelage, sans doute magnifique autrefois, était abîmé et cassé, creusé par le sable qui balayait les ruines depuis des siècles. Ses ravisseurs lui avaient donné une couverture en poil de chameau, qui lui servait à la fois de matelas et de drap.

Pire encore, elle était retenue à la cheville par une lourde chaîne accrochée au mur. Elle pouvait avancer de quelques mètres, juste de quoi aller de son lit aux latrines, un seau en métal fermé d'un épais couvercle de bois.

Au moins ne lui avait-on pas coupé le nez et les oreilles, une pratique tout à fait courante sous le règne de Darius, juste avant qu'Alexandre ne vienne conquérir ces terres.

Alexandre. Il fallait absolument qu'elle se concentre sur ce grand personnage au lieu de céder à la panique. Elle s'agita fébrilement, s'efforçant de maîtriser le cours de ses pensées. La chaîne qui enserrait sa cheville cliqueta lourdement. Un rire amer s'échappa de ses lèvres. Comment penser à autre chose qu'à sa captivité ?

Tout à coup, un homme vêtu d'un burnous, la tête enveloppée d'un keffieh, s'encadra dans l'embrasure de la porte. Etouffant un cri de terreur, Zara se releva maladroitement, le dos plaqué au mur. Elle vacilla quelques instants comme la chaîne tirait douloureusement sur sa cheville, lui rappelant sa vulnérabilité.

Depuis le début de sa détention, elle s'était efforcée de ne pas penser à ce moment. « Des femmes s'occuperont de vous, avait annoncé le bandit. Votre vertu ne sera pas en danger tant que vous serez sous ma protection ! » Mais de toute évidence, il avait menti...

— Alhamdolillah ! Est-ce bien vous ? demanda l'homme dans un murmure rauque avant de se précipiter sur elle.

Il l'enlaça et elle sentit une vague de nausée l'envahir. Le repoussant de toutes ses forces, elle avala une grande bouffée d'air pour pouvoir crier à pleins poumons. Mais il fut plus rapide qu'elle. Une longue main fine, puissante comme l'acier, étouffa son cri.

54

— Ne criez surtout pas ! ordonna-t-il en anglais. C'est moi !

De sa main libre, il arracha le foulard qui lui enveloppait la tête. Jalal le Bandit, songea Zara avec amertume. Elle secoua légèrement la tête, écarquilla les yeux. Esquissant un sourire rassurant, il ôta la main de sa bouche.

— Prince Rafi ! murmura-t-elle, interdite.

C'était pire, bien pire que ce qu'elle avait imaginé ! Ainsi, elle était prisonnière du prince en personne... tout s'expliquait, soudain !

— Je suis désolé de vous avoir fait peur, chuchota-t-il.

Un bras fermement enroulé autour de sa taille, il leva son autre main pour écarter les cheveux qui barraient son visage.

— J'étais tellement stupéfait de vous voir ici, reprit-il. Mes frères et moi avions écarté cette piste d'emblée. Dieu merci, je vous ai retrouvée ! Comment vous sentez-vous ? Comment vous a-t-il traitée ?

— Laissez-moi tranquille, siffla Zara en tentant de se libérer. Croyez-vous que je sois assez stupide pour me laisser berner par une telle supercherie ?

Il la relâcha sur-le-champ et l'enveloppa d'un regard abasourdi.

— Je ne sais pas de quoi vous parlez. A quelle supercherie faites-vous allusion ?

— L'homme qui m'a enlevée n'est pas Jalal le Bandit, répondit Zara. Vous auriez dû choisir un complice qui vous ressemble un peu moins, Votre Altesse ! Qui est-ce en réalité ? Un de vos frères ? Suis-je censée tomber dans vos bras, emportée par un élan de soulagement et de gratitude, parce que vous m'aurez soit-disant sauvée ? Ou bien est-ce que ma réaction vous importe peu, au fond ?

Une lueur d'inquiétude brilla dans le regard du prince Rafi et il glissa une main dans les plis de son volumineux burnous.

— J'ai apporté de l'eau, dit-il doucement, toujours dans un murmure.

Il sortit une gourde.

— Et un peu de nourriture. C'est sans doute la faim et la soif qui vous font délirer, après trois jours de privations.

D'un geste rageur, elle repoussa la main qu'il lui tendait.

— Je n'accepterai rien de vous! Comment osez-vous me faire ça? Laissez-moi partir!

— *Khanum?* appela une voix du dehors.

Le prince Rafi se figea.

— S'ils découvrent ma présence ici, nous sommes perdus, murmura-t-il en posant ses doigts sur les lèvres de Zara.

Il fit volte-face, balaya la pièce du regard et se glissa agilement dans une fissure qui donnait dans la pièce voisine.

Sa réaction avait été aussi rapide que spontanée. Et soudain, Zara le crut. Elle se laissa tomber par terre et s'empara vivement du gobelet vide.

— Je veux de l'eau! s'écria-t-elle sur le même ton qu'elle avait utilisé avec le prince.

Elle cogna le gobelet sur le sol pour se donner une contenance.

— Comment osez-vous me laisser mourir de soif?

Affolée, la vieille femme franchit le seuil de la pièce en murmurant des paroles d'excuse incompréhensibles. Zara lui jeta un regard menaçant.

— De l'eau! réclama-t-elle. *Ma'!*

Elle avait appris ce mot très rapidement.

— *Ma',* acquiesça la vieille femme, souriant et gesticulant.

Elle souleva le petit pichet en terre cuite qu'elle portait à la main. Son accoutrement, sa peau tannée par le soleil et le pichet ébréché faisaient d'elle une silhouette intemporelle. C'était comme si elle avait toujours été là, depuis l'époque d'Alexandre, songea Zara en regardant le filet d'eau couler dans le gobelet. Il n'y en avait jamais assez dans le pichet que la vieille apportait, et malgré les réclamations de Zara, elle continuait à apporter la même quantité. Sans doute Jalal avait-il donné des ordres afin que sa ration d'eau soit limitée.

D'un geste brusque, Zara porta le gobelet à ses lèvres et but avec avidité. La vieille femme s'empressa de lui donner les dernières gouttes de sa ration. Une ration qui ne serait renouvelée que dans une douzaine d'heures. Puis elle plongea la main dans la poche de sa tunique et sortit un gâteau qu'elle déposa dans la main de Zara, affamée. Un autre sourire et une autre parole accompagnèrent son geste.

— *Shokran.* Merci, marmonna Zara entre deux bouchées.

La vieille femme s'inclina en hochant la tête, alla chercher le seau et quitta la pièce.

Entravée par sa lourde chaîne, Zara demanda dans un murmure :

— Vous êtes toujours là ?

A présent, elle redoutait que Rafi soit parti, qu'il l'ait laissée de nouveau seule.

Le prince Rafi sortit de sa cachette et attendit sans mot dire qu'elle ait terminé de dévorer le drôle de petit gâteau — un mélange de blé et de pommes de terre, le tout parfumé avec des épices qu'elle ne connaissait pas.

— Rien de comparable avec un dîner à votre table, déclara-t-elle d'un ton ironique lorsqu'elle eut fini, un peu gênée de n'avoir pas su contrôler sa faim devant lui. Mais c'est toujours mieux que rien.

— Certes, convint-il avec douceur et la gêne qu'elle avait ressentie quelques instants plus tôt s'évanouit. Je suis sincèrement désolé de vous voir victime des problèmes internes de mon pays. Il y a belle lurette que nous aurions dû nous occuper de ce vandale. Mon frère Omar nous avait pourtant incités à le faire mais nous avons refusé de l'écouter. Ce qui vous arrive est entièrement mà faute et je me chargerai personnellement de vous sortir d'ici.

Il s'approcha de l'entrée et risqua un coup d'œil dehors.

— Personne ne monte la garde devant votre cellule? s'étonna Rafi. Jalal doit faire une confiance aveugle aux gens qui surveillent son repaire pour se permettre cette imprudence.

Zara secoua la tête.

— Non, il n'y a pas de garde. Seule cette femme vient me voir, en général deux fois par jour.

Elle prit une toute petite gorgée d'eau.

— A part elle, je n'ai vu personne d'autre. Mais au fait, elle doit revenir dans quelques minutes avec mon... mon seau, ajouta-t-elle vivement. Retournez vite vous cacher.

Souple et rapide comme un félin, il bondit vers le mur et s'engouffra dans la fissure. Quelques instants plus tard, le pas traînant de la vieille femme résonnait contre les pierres.

Rafi reparut dès que la vieille fut partie, pour de bon, cette fois. Sortant de nouveau sa gourde de sa poche, il dévissa le bouchon et la lui tendit sans mot dire. Zara l'accepta en murmurant quelques paroles de remerciement et, pour la première fois depuis trois jours, elle put enfin étancher sa soif. Un long soupir de soulagement s'échappa de ses lèvres. Sa main était mouillée et, afin de ne pas en perdre une goutte, elle la passa sur son visage couvert de poussière. Une sensation de fraîcheur intense, exquise l'envahit aussitôt.

— Oh, c'est tellement bon! s'écria-t-elle.

Rafi était en train de fouiller son autre poche et elle l'observait avec attention, telle une chatte affamée.

— Voici quelques dattes séchées, annonça-t-il. La nourriture du désert.

Cela faisait également trois jours qu'elle n'avait pas absorbé de sucre, et les fruits lui parurent incroyablement doux et parfumés.

— Merci, murmura-t-elle d'une voix étranglée. Merci mille fois d'être venu me voir !

Des larmes de reconnaissance lui piquaient les yeux. Elle n'avait pas encore réalisé à quel point ces trois jours d'enfermement, de solitude forcée, l'avaient meurtrie. L'envie de le toucher, de se blottir dans ses bras pour qu'il la console et la réconforte la submergea, aussi intense que la soif qui la dévorait encore quelques minutes plus tôt.

Elle n'eut même pas à formuler sa demande. Lorsque, après avoir savouré une autre datte, elle éclata en sanglots, il la prit dans ses bras et commença à la bercer, pressant doucement son visage contre son épaule.

— Pleurez, ma chérie, l'invita-t-il d'une voix apaisante. Pleurez tout votre soûl, nous parlerons ensuite.

Incapable de résister, elle se laisser aller contre lui tandis qu'une vague d'émotions mêlées — de la peur soigneusement refoulée, de l'angoisse, du soulagement — déferlait en elle. La voix du prince, teintée d'inquiétude et de fureur mal contenues, résonna à ses oreilles.

— S'il vous a fait du mal, ma chérie, croyez bien que vous serez vengée mille fois, promit-il avec ferveur.

Oui, si on avait fait du mal à Zara, rien n'empêcherait Rafi de faire couler le sang de ce bandit sur le sable du désert. Il voulait faire de cette femme son épouse et sa reine ensuite — mais il tuerait d'abord ce bandit, sans aucune pitié, il lui arracherait le cœur et le livrerait aux chiens errants, s'il avait fait du mal à sa bien-aimée.

Un flot de soulagement indescriptible assaillit le prince lorsque Zara secoua vigoureusement la tête contre son torse.

— Non, il a dit qu'il ne me ferait rien et je n'ai pas vu un seul homme depuis que je suis ici, balbutia-t-elle entre ses larmes avant d'être secouée par un nouveau sanglot. Je vous en supplie, ne le tuez pas à cause de moi.

— Ma chérie, je ne peux vous promettre d'épargner la vie de cet homme, répondit Rafi. Mais vous resterez en dehors de tout ça.

Il caressait ses cheveux avec tendresse en lui murmurant des paroles réconfortantes. Cette musique douce et mélodieuse apaisa rapidement l'angoisse de la jeune femme. Ses sanglots s'espacèrent; lorsqu'elle se sentit mieux, elle s'écarta légèrement et lui offrit un pâle sourire.

— Nous devons parler à présent. Chaque seconde est précieuse. Asseyez-vous et dites-moi tout ce que vous savez. D'abord, racontez-moi comment vous êtes arrivée jusqu'ici. Nous ne pensions pas vous trouver de ce côté-là. En fait, nous étions convaincus que vous n'aviez pas franchi le fleuve.

Elle le considéra d'un air stupéfait.

— Que voulez-vous dire? De quel côté du fleuve nous trouvons-nous?

Il l'aida à s'asseoir et remonta son burnous pour dévoiler des boots de cuir, un jean et un étui duquel il tira un revolver. Puis il s'assit à côté d'elle, s'adossa contre les vieilles pierres et l'attira contre son épaule, les yeux rivés sur la porte.

— Nous nous trouvons sur le territoire d'Omar, le Barakat Central. Vous ne vous êtes pas rendu compte que vous aviez traversé le fleuve?

— C'est impossible, vous en êtes sûr? Oh, excusez-moi, c'est idiot de ma part. Evidemment que vous en êtes sûr. Mais tout de même, je m'en serais aperçue!

— Vous a-t-on fait avaler des somnifères ou des tranquillisants?

— Non. Nous avons fait le trajet à cheval d'une seule

traite, sans jamais nous arrêter. J'ai bien cru que le cheval allait en mourir.

— Combien de temps a duré le voyage?

— Plusieurs heures. Je ne sais pas exactement.

Il la dévisagea avec attention.

— Vous avez voyagé plusieurs heures sans jamais franchir le fleuve?

Zara hocha la tête.

— Au bout d'un moment, il m'a demandé de me voiler le visage et après ça, j'ai eu l'impression que nous entrions dans une espèce de grotte souterraine. L'air était terriblement humide. J'entendais de l'eau ruisseler et le vent soufflait violemment, au loin. J'ai eu très peur qu'il me laisse là-dedans. Mais ensuite, la lumière est revenue, j'ai entendu des voix et nous étions arrivés. L'aube se levait et on m'a conduite dans cette pièce avant que je puisse voir autre chose. Sommes-nous dans son campement?

Sourcils froncés, Rafi hocha la tête d'un air absent.

— Comment est-ce possible? s'interrogea-t-il à voix basse avant de se tourner vers elle : vous souvenez-vous de quelque chose de précis avant qu'il vous oblige à vous bander les yeux?

— Je... oh, j'avais presque oublié! Je me suis débarrassée de la magnifique tunique que vous m'aviez offerte juste avant de pénétrer dans cette grotte, je crois. J'espère que nous n'étions pas déjà à l'intérieur... Je pensais que le phare de l'hélicoptère pourrait peut-être la repérer, elle brillait tellement. Je suis désolée, ajouta-t-elle en esquissant une moue penaude.

— Vous avez eu un excellent réflexe. Je vais envoyer des hommes à sa recherche afin d'élucider ce mystère au plus vite.

— Mes sandales, aussi. J'ai distingué un gros piton rocheux, au loin, juste avant de me bander les yeux, et j'ai cru aussi entendre un bruit d'eau, déclara Zara.

Toujours plongé dans ses réflexions, Rafi acquiesça d'un signe de tête.

— Quoi d'autre, ma chérie? Quel autre indice avez-vous à me donner? Car je dois vous laisser à présent. Le temps passe.

Zara hésita avant de demander :

— Saviez-vous que vous ressembliez à Jalal?

— Non, pas avant que vous me le fassiez remarquer. Cette ressemblance est-elle très marquée?

Il se tourna vers elle et une nouvelle vague de doute assaillit Zara. Les ravisseurs n'avaient-ils pas pour habitude de désorienter leurs prisonniers afin de les affaiblir psychologiquement? Comment savoir si Rafi disait la vérité?

Rafi devina aussitôt les pensées de Zara. Il secoua la tête, profondément troublé. Son père ne lui avait-il pas souvent raconté qu'il était capable de lire les pensées de son épouse bien-aimée?

— Ayez confiance en moi, la pressa-t-il d'une voix douce. Un seul instant de doute à un moment crucial, et nous serons perdus. Vous pouvez, vous *devez,* me faire entièrement confiance, maintenant et à jamais. Je suis votre époux. Vous êtes ma femme. Le doute n'a pas sa place entre nous.

6.

Zara sentit un grand silence envahir son âme.

— Que voulez-vous dire? demanda-t-elle d'une voix étranglée.

Rafi s'écarta pour mieux la dévisager.

— Vous n'avez rien ressenti? Vous ne savez pas encore?

Elle le considéra sans mot dire. Elle n'était sûre de rien. Elle se sentait totalement désorientée.

Sans la quitter des yeux, il la gratifia d'un sourire chaleureux.

— Je l'ai su dès que j'ai posé les yeux sur vous. Mon père a ressenti exactement la même chose lorsqu'il a aperçu ma belle-mère pour la première fois. Il a vu son destin se dérouler devant ses yeux... C'est exactement ce qui m'arrive. Et ce que vous avez vécu l'autre soir, pendant le banquet... Je le sais.

Zara tenta de résister de toutes ses forces et s'arracha à son regard brûlant.

— Si vous m'aimiez vraiment, vous ne chercheriez pas à profiter de la situation.

— Vous avez tout à fait raison, admit-il en retirant doucement le bras qu'il avait passé autour des épaules de Zara.

Une sensation de vide intense envahit la jeune femme.

— Parfait, dit-il sur un ton plus ferme, presque impersonnel.

— Comment avez-vous réussi à vous infiltrer dans le campement ?

— Nous avons intercepté le camion d'un villageois chargé du ravitaillement de Jalal et sa bande. Nous pensions qu'il pourrait nous indiquer où vous étiez mais il a juré qu'il n'apportait ses légumes et sa viande que dans ce campement.

Il se tut un instant, haussa les épaules.

— Nous avons pris son frère en otage et je me suis fait passer pour ce dernier.

— Pourquoi ?

— Pourquoi ? Pour tenter de récolter quelques indices à votre sujet. Jamais nous n'aurions imaginé que c'était précisément ici qu'on vous avait emmenée. Lorsque j'ai entendu une femme dire à une autre qu'elle devait apporter sa ration d'eau et de nourriture à la prisonnière, j'osais à peine espérer qu'il s'agissait bien de vous.

Zara secoua la tête, s'efforçant de mettre de l'ordre dans ses pensées. Elle devait absolument rester sur ses gardes. Après tout, rien ne lui prouvait qu'il disait la vérité.

Mais déjà, Rafi se levait.

— Mes frères m'attendent dans le désert avec le villageois que nous avons pris en otage. Je dois regagner le camion. Ne perdez surtout pas espoir. Nous reviendrons vite vous libérer.

Zara se leva à son tour, prise de court.

— Vous partez ? demanda-t-elle d'une voix tremblante.

Rafi se pencha vers elle et effleura ses lèvres d'un baiser.

— Je vous promets de revenir bientôt, murmura-t-il.

C'était leur premier baiser, et tous deux frémirent avec la même intensité à ce contact. Un sourire étira les lèvres de Rafi. Il remit l'arme dans son étui, puis saisit la main de Zara et se pencha pour l'embrasser tendrement.

— Je serai bientôt près de vous, mon amour.

*

— Le tunnel. Le tunnel de la reine Halimah, souffla Omar. Serait-ce possible ?

Ils restèrent un moment silencieux, absorbés par leurs réflexions.

— En tout cas, cela expliquerait l'échec que j'ai essuyé lorsque j'ai voulu assiéger son campement, il y a un certain temps. Ils pouvaient se ravitailler sans difficultés par ce tunnel.

— J'ai toujours cru que cette histoire n'était qu'une légende, intervint Karim. Toutes les vieilles ruines de la région sont attribuées à la reine Halimah...

— Ce n'est pas parce qu'elle est elle-même devenue un personnage mythique que toutes les histoires qu'on raconte à son sujet sont fausses, fit valoir Rafi. Zara n'a pas franchi de pont et elle se retrouve malgré tout de l'autre côté du fleuve...

Karim haussa les épaules.

— Une femme qu'on vient d'enlever n'est pas forcément en état d'observer précisément ce qui l'entoure.

— Tu parles en connaissance de cause, bien sûr, riposta Omar.

Le visage de Karim s'empourpra.

— Zara a gardé toute sa lucidité, reprit vivement Rafi. Elle affirme qu'ils n'ont pas traversé de pont et je la crois. En outre, nos soldats avaient bloqué les ponts et ils n'ont rien remarqué d'anormal. Non, la solution est plus simple. Si vous voulez mon avis, Jalal a effectivement découvert un tunnel.

— Je suis d'accord avec toi, acquiesça Omar. D'ailleurs, c'est en prenant au sérieux les vieilles histoires concernant le détournement du fleuve que l'archéologue a découvert la cité perdue d'Iskandiyar.

Il alluma une cigarette et tira une grande bouffée, plongé dans ses pensées.

— Selon la légende, le cours du fleuve a été détourné justement pour qu'un tunnel soit construit en dessous. La reine Halimah aurait d'abord construit le tunnel, puis elle aurait modifié le cours du fleuve. C'est à peu près la théorie de l'archéologue, non ?

Rafi, qui avait écouté les explications passionnées de Gordon lorsque celui-ci était venu lui demander l'autorisation de commencer les fouilles, acquiesça d'un signe de tête.

— C'est à peu près ça, en effet.

— Nous devrions le consulter. Sans doute possède-t-il des photos aériennes de toute la région, continua Omar. Peut-être nous révéleront-elles quelque chose.

— Zara nous a également laissé un indice précieux, déclara Rafi avant de leur parler de la tunique dorée. Il faut absolument qu'on la retrouve.

Ses frères lui jetèrent un regard éberlué.

— Le sable l'aura ensevelie ou le vent l'aura emportée plus loin, objecta Karim. Quatre jours se sont écoulés depuis.

— Ils finiront bien par la retrouver, insista Rafi tranquillement. Ne baissez pas les bras avant même d'avoir commencé.

Omar fronça les sourcils.

— Que vas-tu faire en attendant ?

— Je retourne au campement de Jalal.

Un silence stupéfait accueillit ses paroles.

— C'est impossible..., commença Omar.

— Tu es complètement fou, Rafi ! renchérit Karim. Qu'adviendra-t-il de toi s'ils découvrent ta présence ?

— Je n'ai aucune intention de me laisser prendre. Ils l'ont enfermée dans une partie isolée de la forteresse qui regorge de cachettes.

— Je continue à penser que nous devrions attaquer le campement avec des chars d'assaut, par la porte principale.

— Elle est attachée à un mur à moitié éboulé. De simples tirs d'artillerie suffiraient à tout lui faire tomber sur la tête. Alors des chars d'assaut... Non, poursuivit Rafi d'un ton sans réplique, je la libérerai avant que nous réduisions l'endroit en poussière. Le débat est clos.

Karim se tourna vers Omar.

— Il a perdu la tête. Tu ne crois pas ? Nous devons l'empêcher de se jeter dans la gueule du loup.

La cigarette tomba dans le sable et Omar l'écrasa avec le talon de sa botte avant de hausser les épaules.

— Il s'agit de sa femme, Karim. Comment réagirais-tu si c'était de Caroline qu'il était question ?

Sur le point de répliquer, Karim se ravisa. Il réfléchit un instant avant de secouer la tête, visiblement résigné.

— Nous n'avons pas de temps à perdre en débats inutiles, dit Rafi. Nous devons mettre au point un plan d'action. Je veux retourner là-bas avec du matériel et quelques provisions. Comment vais-je pouvoir m'infiltrer à l'intérieur, cette fois ? Ensuite, il va nous falloir élaborer un système de communication, car une fois dans le campement, je ne pourrai peut-être plus en sortir...

Elle vivait dans une pénombre continuelle. La lumière qui baignait sa cellule était diffuse, s'infiltrant entre les pierres, se répandant par le passage qui faisait office de porte avec plus ou moins d'intensité selon le moment de la journée. Zara s'allongea et regarda les rayons du soleil se retirer peu à peu. Bientôt, la pièce fut plongée dans une quasi-obscurité qui durerait jusqu'au matin. Il arrivait parfois qu'elle aperçoive la lueur orangée d'un feu de camp, mais la plupart du temps, sa cellule restait dans l'ombre.

Des sentiments contradictoires, d'une violence inouïe, l'habitaient. L'amour qu'elle éprouvait parfois pour Rafi était presque douloureux tant l'émotion était vive. Et tout à coup, cette confiance, ce désir se retrouvaient balayés par une vague de doute. Tout ce que Rafi lui avait raconté, le moindre de ses gestes, était régulièrement remis en cause par une petite voix insistante qui lui posait sans cesse les mêmes questions : « Pourquoi Rafi et Jalal se ressemblent-ils tant ? Pour quelle raison Rafi ignore-t-il ce fait troublant ? Comment a-t-il découvert ta cellule ? » Il lui avait dit qu'il avait entendu deux femmes parler de sa ration d'eau, mais il était arrivé avant la vieille femme...

Toutes ces questions et mille autres dansaient la sarabande dans son esprit. Allait-il revenir ou bien lui avait-il menti ?

Et s'il revenait, devrait-elle lui accorder sa confiance ?

En proie à la lassitude, elle s'enveloppa dans sa couverture et sombra dans un sommeil peuplé de rêves agités. Comme d'habitude, elle s'éveilla au milieu de la nuit. La faim, la soif et les courbatures perturbaient son sommeil, mais cette fois, elle eut la nette impression que quelque chose de particulier l'avait réveillée. Elle se redressa, prit appui contre le mur et tendit l'oreille, sur le qui-vive. Un silence cotonneux l'entourait.

— Rafi ? chuchota-t-elle.

Tout à coup, une explosion retentit en même temps qu'une lumière rougeoyante envahissait sa cellule. Des coups de fusil résonnèrent bruyamment, entrecoupés de cris et d'interjections, de bruits de galopades, le tout accompagné du ululement perçant lancé par les assaillants.

Le cœur battant à se rompre, tenaillée par un mélange d'effroi et d'incertitude, Zara écouta avec attention. Une peur sans nom l'habitait. S'il ne restait aucun survivant, la laisserait-on là jusqu'à ce qu'elle meure de faim ? Qui étaient les assaillants ? Que se passerait-il s'ils la découvraient ? Quel traitement lui réserveraient-ils ?

L'agitation retomba rapidement. Les bruits de sabots s'éloignèrent tandis que les derniers coups de fusil éclataient dans la nuit. Les hurlements inintelligibles des femmes se turent et la cellule de Zara fut de nouveau plongée dans l'obscurité. Un homme continua à crier pendant quelques minutes, puis ce fut le silence.

Zara demeura debout, pétrifiée. Elle n'entendait plus que

les battements affolés de son cœur. Une sourde angoisse lui étreignait le ventre. Que s'était-il passé, au juste ? Devait-elle appeler ou rester silencieuse ?

Au même instant, la lueur d'une torche se réverbéra sur les parois de sa cellule. Retenant son souffle, elle attendit. C'était la première fois que quelqu'un lui rendait visite en pleine nuit.

Il y eut des bruits de pas et la torche apparut soudain dans l'encadrement du passage. Elle distingua deux yeux noirs et faillit crier le nom de Rafi. Mais sa voix s'étrangla lorsqu'elle aperçut la barbe qui ombrait le menton de l'homme.

— Tout va bien ? demanda Jalal.

Zara expira lentement. Dieu merci, elle n'avait pas appelé Rafi ! Son cœur n'avait jamais cogné aussi fort qu'en cet instant. Une peur panique lui glaçait le sang. Quelles étaient les intentions du bandit ? Elle devait gagner du temps, à tout prix. Elle devait le faire parler.

— Que s'est-il passé ? s'enquit-elle.

Les yeux noirs étincelèrent tandis qu'il scrutait son visage, comme s'il cherchait une réponse.

— C'était une simple attaque d'intimidation, rien d'important. Quelques hommes d'une des tribus du désert, vraisemblablement, en quête de menus larcins. Ils espéraient surprendre nos gardes en plein sommeil. Ou peut-être était-ce autre chose.

Elle posa sur lui un regard interrogateur.

— Peut-être votre amant, le prince, a-t-il voulu tester notre force et notre rapidité de réaction. Qu'en pensez-vous ?

— Peut-être a-t-il déposé une bombe à l'intérieur du campement ? Une bombe qui explosera au moment où vous vous y attendrez le moins.

Elle était là, debout contre le mur, enveloppée dans sa couverture, les yeux dilatés. Semblable à un petit animal pris au piège.

— N'ayez pas peur de moi, dit brusquement Jalal. Vous n'avez rien à craindre, ici. Mes hommes ne me désobéissent jamais.

— Dans ce cas, pourquoi me gardez-vous prisonnière ?

Jalal esquissa un sourire. Un sourire qui lui fit froid dans le dos.

— Vous êtes l'appât qui attirera jusqu'ici les princes du Barakat. Car ils viendront, je n'en doute pas un instant.

— Ils viendront et ils vous tueront, je n'en doute pas non plus.

Son sourire s'élargit et il secoua la tête.

— Ils ne peuvent pas me tuer. Ils le savent bien.

L'assurance dont il faisait preuve attisa la curiosité de Zara.

— Vraiment ? demanda-t-elle, toujours aussi désireuse de gagner du temps. Qu'est-ce qui vous rend donc aussi invincible ?

Nouveau sourire arrogant.

— Vous n'aurez qu'à le demander à votre amant, le prince Rafi, la prochaine fois que vous le verrez !

Là-dessus, Jalal s'inclina et se retira.

Il eût été inutile de se recoucher. Elle était à présent tout à fait réveillée, en proie à une nervosité incontrôlable. Elle resta assise et attendit que ses yeux s'habituent de nouveau à l'obscurité. Si seulement il lui avait laissé la lanterne. La nuit était plus hospitalière lorsqu'une lumière brillait...

Comme si cette pensée avait donné naissance à une hallucination, elle distingua une faible clarté, en provenance, cette fois, de la fissure dans le mur d'en face, celui qui donnait dans la pièce voisine.

— Il n'imaginait pas que vous alliez pouvoir suivre son conseil aussi rapidement, murmura le prince Rafi en s'engouffrant dans la brèche, un sourire rassurant aux lèvres. Mais puisque je suis ici, autant en profiter, qu'en pensez-vous ?

7.

— Prince Rafi ! chuchota-t-elle en se précipitant vers lui.

La chaîne qui enserrait sa cheville la coupa dans son élan et elle tomba en avant. Vif comme l'éclair, Rafi lâcha sa bougie et la rattrapa de justesse.

La bougie gisait dans la poussière lorsque la bouche de Rafi trouva la sienne. Un long frisson la parcourut, et elle sentit des larmes et du rire mêlés courir dans ses veines, en même temps que la certitude d'être enfin en sécurité l'envahissait.

La bouche de Rafi était à la fois fraîche et chaude sous la sienne, son étreinte tendre mais ferme. Lorsqu'ils mirent un terme à leur baiser, elle resta dans ses bras et sentit ses lèvres trembler le long de sa gorge, sur sa joue, son front, ses cheveux, diffusant dans son corps comme dans son esprit un délicieux sentiment de plénitude.

— Amour, répétait-il comme une litanie. Mon amour.

La flamme de la bougie vacilla une dernière fois avant de s'éteindre. Le charme fut brusquement rompu et Zara s'écarta à contrecœur. Elle se sentait tellement vulnérable, tout à coup, à la fois psychologiquement et physiquement ! Des choses qu'elle avait lues au sujet des ravisseurs et de leurs otages lui revinrent à la mémoire. On prétendait que les otages tombaient souvent sous le charme de leur geôliers. Que penser de tout cela ?

Il n'essaya pas de la retenir mais se pencha plutôt pour

ramasser la bougie pendant que la mèche rougeoyante diffusait encore un peu de lumière. Zara entendit le claquement d'un briquet et l'instant d'après, la mèche s'enflamma de nouveau.

— C'est merveilleux d'avoir de la lumière !

La douceur, la fragilité de la petite flamme dorée lui firent monter les larmes aux yeux.

Rafi se tenait devant elle, la bougie dans une main, ses yeux sombres, étincelants, braqués sur elle.

— Venez, asseyons-nous, suggéra-t-il.

Il l'entraîna vers la couverture froissée et ils s'assirent côte à côte. Rafi fit couler quelques gouttes de cire par terre pour fixer la bougie.

— Vous êtes revenu, murmura Zara d'un ton incrédule. Comment avez-vous réussi ? Est-ce que ce sont vos hommes qui ont attaqué le campement ce soir ?

— Ce sont mes frères ainsi que mes Compagnons de la Coupe et les leurs.

— Vos frères ? Vous étiez tous les trois ? répéta-t-elle. N'était-ce pas un peu risqué ?

Il secoua la tête.

— Nous avions mesuré les risques avant de lancer cette opération. Le bruit et la lumière qui ont envahi le campement étaient dus en grande partie à des pétards.

Il tapota légèrement le mur de pierre contre lequel ils étaient adossés.

— Ces vieilles ruines ne sont pas assez solides pour résister à une attaque de mortier. Nous en avons tiré quelques coups dans le désert, juste avant d'arriver, puis mes frères et les Compagnons ont encerclé le campement en faisant le plus de bruit possible. J'ai réussi à me glisser à l'intérieur pendant que les gardes se préparaient à résister à une attaque. Mais au lieu de lancer l'assaut, ils ont contourné le campement et sont partis.

Il sentait le savon et l'after-shave.

— Je suis affreusement sale, murmura Zara, honteuse

soudain. Mes cheveux sont tout emmêlés... si seulement j'avais une brosse !

Rafi chercha son regard avant de déclarer d'un ton suave :

— Votre parfum est comme une drogue pour moi, et votre chevelure un lit soyeux et sensuel.

En proie à une vive émotion, elle frissonna.

— Mais puisque vous êtes malheureuse...

Il se pencha légèrement sur le côté et glissa une main dans la poche de son jean noir, qu'il portait avec une ample chemise blanche et le même keffieh que Jalal et ses hommes. Il était vêtu exactement comme eux.

De sa poche, il sortit un petit écrin de velours qu'il lui tendit.

Zara fronça les sourcils.

— Qu'est-ce que c'est ?

— C'est pour vous, répondit-il simplement. Prenez-le.

Elle obéit et savoura la douceur du velours après tous ces jours passés au contact de la couverture rugueuse, du sable et de la pierre.

C'était une bague. Une bague de rêve, comme elle n'en avait encore jamais vu. Un gros cabochon d'émeraude d'un vert profond, serti de diamants, de rubis et de saphirs. Les pierres captaient l'éclat de la flamme, brillant de mille feux, et Zara eut l'impression de contempler un ciel étoilé.

— Oh ! souffla-t-elle, à court de mots. Elle est somptueuse.

Elle leva les yeux vers lui.

— Mais...

Rafi posa délicatement un doigt sur ses lèvres pour la réduire au silence.

— Cette bague exaucera tous vos souhaits, déclara-t-il. Frottez-la, faites un vœu et elle accédera à votre demande.

Elle sourit, comme une enfant devant un spectacle de magie.

— C'est vrai ? Quoi que je demande ? Et si par exemple, je lui demande de me rendre ma liberté ?

— Certains vœux sont plus longs à se réaliser que d'autres, mais tous seront finalement exaucés, affirma Rafi. Glissez-la à votre doigt, et faites un vœu.

Zara s'exécuta, émerveillée par la pureté et l'éclat du bijou.

— Que va-t-il se passer lorsque je la frotterai ? Est-ce qu'un génie en sortira ?

— Le génie est déjà là.

Il esquissa une petite révérence.

— Frottez la bague, madame, fermez bien les yeux et formulez votre souhait.

Zara éclata de rire, pour la première fois depuis des jours, avant de se taire brusquement. Avait-elle oublié où elle se trouvait ?

— Très bien ! lança-t-elle en fermant les yeux et en caressant soigneusement la bague. J'aimerais que le génie m'apporte un peigne !

Rafi leva les bras en l'air, agita les mains et s'écria :

— Abracadabra ! Vous pouvez ouvrir les yeux maintenant, madame !

Dans le creux de sa paume reposait un grand peigne en corne. Zara poussa un petit cri de ravissement.

— Vous en avez apporté un ! Comment avez-vous deviné ?

— Cette bague est magique, ma chère, répondit Rafi, les yeux pétillant d'humour. Personnellement, je n'y suis pour rien. Voulez-vous que je vous coiffe ?

Hypnotisée par son regard, elle lui tendit le peigne. Rafi s'en empara puis, d'un geste plein de tendresse, il prit entre ses doigts une boucle hirsute.

— Madame, désirez-vous que le génie vous raconte une histoire pendant qu'il démêle vos cheveux ?

Zara soupira, savourant avec délice le contact de ses doigts dans ses cheveux. En l'espace de quelques minutes, sa cellule sombre et vétuste s'était métamorphosée en prison dorée... tout cela, grâce à la présence enchanteresse du prince.

74

— Oh, oui, racontez-moi une histoire, s'il vous plaît !

— Tournez-vous afin que je puisse continuer, je vous prie, demanda-t-il.

Zara s'exécuta. Derrière elle, la voix commença son récit :

— Il y a de cela très longtemps, vivait ici un grand roi. Il s'appelait Mahmoud de Gazna. Ce roi possédait une belle esclave turque, Ayaz. Ayaz était une esclave fidèle et dévouée dont la chevelure était une pure merveille. Longue, bouclée, elle cascadait dans son dos comme un tapis de boutons de fleurs et on eût dit que la lueur des bougies aimait se perdre dans la masse parfumée de ses boucles.

Sa voix était ensorcelante, et ses doigts continuaient à démêler ses cheveux pendant qu'il parlait, si bien que Zara ne parvenait plus à distinguer le conte de la réalité. De délicieux petits frissons la parcouraient.

— Le roi n'avait pas le droit de toucher à l'esclave, il le savait bien et s'efforçait de respecter la loi. Mais un soir où il avait bu plus que de coutume, il aperçut comme dans un brouillard sa chevelure noire. « Chaque boucle cachait un millier de cœurs et chaque mèche une centaine d'âmes », et une vague de désir le submergea. Sentant sa volonté fléchir, il cria à l'adresse de l'esclave : « Ta chevelure me détourne du chemin de la vertu ! Coupe-la afin d'écarter toute tentation ! » Et sur ces mots, il tendit à Ayaz un long couteau.

« Ayaz, aussi parfaite dans l'obéissance que dans la beauté, s'empara du couteau et demanda simplement : « Comment dois-je les couper, Seigneur ? »

« Coupe une moitié », répondit le pauvre roi.

« Sans perdre une seconde, l'esclave souleva sa lourde chevelure parfumée, glissa le couteau sur la moitié de sa longueur et trancha d'un coup sec. Le roi bénit sa dévotion infinie, but encore un peu de vin et sombra dans le sommeil.

« Mais au matin ! poursuivit Rafi en continuant à démêler les cheveux de Zara. Lorsque l'esclave se présenta à lui, débarrassée de ses superbes boucles, le roi fut assailli par le remords et la colère, une colère dirigée contre lui-même et le monde entier. En proie à un profond abattement, il fut incapable de se lever et ne se laissa approcher par personne.

« Ses Compagnons et ses courtisans commencèrent à s'inquiéter, car un roi déprimé représente toujours une menace pour son entourage. Ils tentèrent donc de trouver un moyen de le sortir de son apathie. Finalement, ils s'adressèrent au fameux poète Unsuri. « Ecris un poème qui ramènera la paix dans l'esprit du roi et va le lui réciter », l'implorèrent-ils.

« Poète talentueux, Unsuri se mit au travail sur-le-champ et alla réciter son œuvre au roi. »

— Que disait le poème ? s'enquit Zara.

Rafi le cita d'une voix rauque et langoureuse, légèrement plaintive, qui rappela à Zara les accents de Motreb le soir du banquet.

— Ça semble tout à fait magique, dit-elle dans un sourire. Je me sens déjà mieux, et je ne sais même pas ce que ça veut dire !

— C'est un poète contemporain qui a le mieux réussi à traduire sa signification en même temps qu'il a retransmis sa forme. Voulez-vous que je vous le récite ?

Elle acquiesça d'un signe de tête et Rafi lui livra le poème en anglais.

Un bruissement d'ambre gris, un souffle de beauté pure
Reposant contre la courbe d'un dos d'ébène ;
Le regard du maître glissant
Dans la pénombre sur un lit de hyacinthes et de miel
Des boucles folles, longues et soyeuses,
Tentatrices et traîtresses

La lame des ciseaux crisse, honteuse de son crime,
Mais au lieu de te lamenter, savoure le spectacle,
Qu'on t'apporte du vin
Car le somptueux cyprès qu'on taille dans la nuit
Resplendit de plus belle le matin venu.

Sa voix profonde, mélodieuse, donnait l'impression qu'il était lui-même l'auteur de ces vers. Zara sentait le regard du prince glisser sur sa nuque, caresser ses cheveux, et chaque mot lui parut tout à coup lourd d'ambiguïté.

— C'est... magnifique, articula-t-elle, en proie à une vive émotion.

— Oui, dit-il simplement, mais elle sut qu'il ne parlait pas seulement du poème.

— Alors, voulez-vous que je me coupe les cheveux ? demanda-t-elle dans un sourire.

Rafi lâcha le peigne en riant.

— Jamais de la vie !

Enfouissant ses doigts dans les boucles soyeuses, il les souleva à pleines mains pour les laisser retomber en une vague luisante, piquetée de mille reflets bleutés.

Zara lui fit face et accepta le peigne qu'il lui tendait. Elle le passa dans ses cheveux et laissa échapper un soupir de félicité en le sentant glisser doucement. Légèrement incliné, son visage était à moitié dissimulé par l'écran de ses cheveux.

— Ma chevelure ne vous détourne pas du chemin de la vertu ?

Il se redressa et captura son poignet, mettant un terme à son geste répétitif, quasi hypnotique.

— Votre chevelure est une tentation, c'est vrai. Elle m'inspire le désir, et de nombreuses autres émotions terriblement intenses. Mais vous n'êtes pas une esclave, aucune loi ne m'interdit de vous approcher. Je veux que vous deveniez ma femme. Vous le savez. Je vous l'ai déjà dit.

Elle se pencha davantage, voilant complètement son visage, et préféra ne rien répondre. Le silence se prolongea. Elle percevait contre sa main les battements du cœur de Rafi et du sien, deux rythmes distincts qui fusionnèrent l'espace de quelques battements supplémentaires avant de reprendre leur propre rythme, comme deux portées d'une mélodie.

Le silence dura encore plusieurs minutes puis la voix de Rafi s'éleva.

— Il est temps de dormir, à présent.

— Il est tard ?

— Très tard. Il est presque 3 heures.

Zara écarquilla les yeux. Elle croyait qu'il était autour de minuit. Elle aurait pu continuer à parler avec lui des heures durant. Mais elle savait aussi qu'il devrait quitter le campement avant l'aube.

— Par quel moyen allez-vous sortir, maintenant ?

Rafi esquissa un sourire.

— Je ne partirai que lorsque je pourrai vous emmener avec moi. Mais pour cela, il faut mettre au point un plan d'attaque. Avant toute chose, je vais devoir trouver l'entrée du tunnel qui relie cet endroit à l'autre rive du fleuve. Ensuite, lorsque nous aurons réfléchi à une stratégie, je la communiquerai à mes frères.

Elle le fixa d'un air interloqué.

— Vous... qu'est-ce que vous dites ? Vous ne pouvez pas rester ici !

— Pourquoi ?

— Parce que... enfin, c'est pourtant clair ! Ils vont vous repérer !

Sa remarque le fit sourire.

— Vous apprendrez vite à faire davantage confiance à votre mari.

Zara demeura bouche bée, incapable de trouver la réplique adéquate.

— Mais nous reparlerons de tout ça plus tard. Faites un autre vœu avec votre bague magique, ordonna-t-il, et ensuite, nous dormirons un peu.

— Vraiment ?

— Quel est votre souhait le plus cher, en cet instant précis ?

— J'aimerais... une brosse à dents ! confia-t-elle d'un ton rieur.

Rafi inclina la tête de côté.

— Votre désir sera exaucé, madame. Et quoi d'autre ?

Elle cligna des yeux, prise au dépourvu.

— N'aimeriez-vous pas dormir sur une couche plus confortable ? suggéra Rafi.

Le sourire de Zara s'effaça brusquement.

— Pardon ? Comment pourriez-vous... ?

— N'avez-vous toujours pas compris que j'étais votre génie ? Voulez-vous un lit plus confortable ?

Elle lui coula un regard furtif.

— Euh... Oui, bredouilla-t-elle.

— Alors fermez les yeux, frottez votre bague magique et formulez votre vœu. Surtout, ne les ouvrez pas avant que je vous en donne la permission.

Avec un petit rire enchanté, Zara abaissa les paupières et se mit à caresser les pierres précieuses qui ornaient sa bague. « J'aimerais une brosse à dents et un lit confortable », chantonna-t-elle, charmée par le rituel.

Il y eut des bruits de pas, puis la voix de Rafi résonna de nouveau à ses oreilles.

— Vous pouvez ouvrir les yeux.

Il se tenait devant elle, chargé d'une espèce de rouleau qu'il entreprit de déplier après lui avoir remis une petite boîte en plastique. Ebahie, Zara le regarda dérouler un tapis de mousse épais de plusieurs centimètres, dont la couleur grise se fondait idéalement avec le sol.

— Je n'en crois pas mes yeux ! souffla-t-elle. Et ça... !

La boîte en plastique qu'elle tenait à la main contenait une petite brosse à dents et un échantillon de dentifrice.

— Vous êtes un vrai génie ! Comment avez-vous... où...

Les mots moururent sur ses lèvres.

— C'est ça, la magie, madame, répondit-il en réprimant un sourire espiègle.

Il plia la couverture en deux et l'étala sur le petit matelas.

Sur son invitation, Zara se glissa docilement entre les deux pans et s'allongea.

— Oh, quel luxe! C'est un véritable bonheur!

Elle se redressa sur un coude.

— Et vous, où allez-vous dormir?

— A côté. Ce serait trop risqué de rester ici avec vous... Quelqu'un peut venir à tout moment.

— Et si quelqu'un entrait dans la pièce voisine?

— Le passage est bloqué par un éboulis de pierres. Je finirai de le boucher demain. Cette nuit, je vais monter la garde. Je suis bien armé et mes hommes sont aux aguets, un peu plus loin, dans le désert. Dormez en paix, mon amour.

Il s'accroupit à côté d'elle pour prendre la bougie et la contempla un long moment d'un regard débordant de tendresse.

Elle était retenue prisonnière au sein de la forteresse d'un rebelle et pourtant, elle ne s'était encore jamais sentie plus en sécurité, plus aimée, plus protégée de sa vie. Elle sourit comme une vague de fatigue la submergeait. Sa respiration se fit plus régulière, ses paupières se fermèrent.

— Bonne nuit, mon prince, murmura-t-elle.

Paupières mi-closes, envahie d'une douce torpeur, elle regarda la lueur orangée s'éloigner en direction de la brèche puis se fondre de l'autre côté du mur. Elle continua à regarder jusqu'à ce que les ténèbres reprennent leurs droits.

Alors, comme dans un rêve, elle posa les doigts sur sa bague et la caressa doucement.

— Je vous en prie, veillez sur lui, chuchota-t-elle.

Un moment plus tard, les doigts étreignant toujours la bague, elle dormait à poings fermés.

8.

Il y avait une fissure tout en haut du mur, une fissure qui laissait filtrer chaque matin un gros rayon de soleil. Bien que les murs ne fussent pas hermétiques, c'était la seule lumière directe que Zara voyait de la journée et, dès le lendemain de son arrivée, elle avait placé son lit de fortune de telle sorte que le rayon puisse balayer son visage le matin et la tirer agréablement du sommeil. Même cette dose infime de soleil lui était précieuse.

La nuit précédente, Rafi avait disposé son nouveau matelas dans un angle légèrement différent et lorsqu'elle se réveilla, le faisceau de lumière jouait avec la poussière, à quelques centimètres de ses yeux. Un sourire paresseux flotta sur ses lèvres et elle prit le temps d'apprécier ces quelques minutes de paix.

Elle avait bien dormi. Elle se souvint d'abord du prince Rafi, puis de l'endroit où elle se trouvait. D'un geste vif, elle souleva sa main et constata que la bague était vraiment là, ornant son majeur. Le sourire de Zara s'épanouit et elle étira son bras afin de capter le rayon de soleil qui fit aussitôt scintiller le bijou.

La jeune femme s'étira avant de s'asseoir. Dans un murmure, elle appela le prince Rafi, appela de nouveau, sans succès. Son cœur fit un bond dans sa poitrine. Où était-il passé ? Où diable pouvait-il bien être ?

S'efforçant d'ignorer son angoisse, elle se brossa les dents et se rinça avec la dernière goulée d'eau qu'elle gardait d'ordinaire pour hydrater sa bouche asséchée par la poussière. Lorsqu'elle eut terminé, un soupir de bien-être s'échappa de ses lèvres. La propreté était un plaisir tout simple, mais tellement appréciable !

Elle se rassit ensuite sur son matelas baigné de soleil et joua avec la lumière jusqu'à ce que le rayon disparaisse, comme aspiré par le ciel qu'elle ne voyait pas. C'était sa seule distraction de la journée. En principe, il ne se passait plus rien jusqu'à l'arrivée de la vieille femme qui venait lui apporter sa ration d'eau et de nourriture.

La vieille femme ! Zara baissa les yeux sur le matelas de mousse. Il était gris, quasiment invisible dans la pénombre mais par mesure de sécurité, elle étala soigneusement la couverture dessus et s'installa sur le bord qui n'était pas caché. Elle ôta ensuite sa bague et la glissa sous la couverture. Puis elle attendit. C'était tous les jours la même routine. Elle restait assise et s'efforçait de se distraire en se remémorant diverses choses : des intrigues de films, des contes de fées, des cours d'histoire, Iskandiyar, ses propres souvenirs.

Aujourd'hui, un souci supplémentaire venait s'immiscer dans son esprit. Son angoisse grandissait au fil des minutes. Où était le prince ? Etait-il sorti faire une promenade de reconnaissance ? Et s'il s'était fait prendre ? Qu'adviendrait-il de lui ?

La vieille femme apparut enfin avec son pichet d'eau et une petite galette. Malgré les événements de la veille au soir, rien n'avait changé. Lorsqu'elle revint un moment plus tard avec le seau vide, Zara capta son attention. Glissant ses mains jointes sous sa tête inclinée, elle fit semblant de dormir.

— Boum ! Boum ! s'écria-t-elle en agitant les mains pour mimer une explosion, les yeux écarquillés de surprise.

La vieille femme hocha vigoureusement la tête.

— Boum ! répéta-t-elle en montrant comment elle s'était redressée brusquement dans son lit.

Elle leva les mains et fit de petits bruits pour montrer que les gens s'étaient mis à courir dans tous les sens. Le tout accompagné d'un commentaire que, bien sûr, Zara ne comprit pas.

Encouragée par sa réponse, la jeune femme plaqua les mains sur sa poitrine et fit mine de mourir, puis elle haussa les sourcils d'un air interrogateur.

La vieille femme secoua la tête. Non, il n'y avait eu aucun mort. Quelques blessés, mais sans gravité. Zara leva les mains en signe de reddition et de nouveau, son interlocutrice secoua la tête. Aucun prisonnier non plus.

Et soudain, la vieille femme fit quelque chose de remarquable. Elle tendit les mains en direction de Zara, secoua la tête d'un air tristement résigné puis frappa dans ses mains en murmurant quelques mots.

Ainsi, elle n'approuvait pas cette prise d'otage... Zara haussa les épaules, comme pour dire : « Que pouvons-nous y faire, nous autres, pauvres femmes ? » La vieille haussa les épaules à son tour et elles se sourirent.

— Pourquoi ne réagissons-nous pas ? Pourquoi les laissons-nous régir le monde de façon violente et ridicule ? Bang ! Bang !

Zara fit semblant de brandir une arme et de tirer dans tous les sens. La vieille femme secoua la tête d'un air impuissant puis elle se mit à parler dans sa langue.

— La guerre, toujours la guerre ! Jamais la paix ! s'écriat-elle.

Zara avait reconnu le mot *salaamat,* et comprit le sens de la phrase.

Debout dans cette cellule poussiéreuse, les deux femmes découvrirent qu'elles se comprenaient et qu'elles partageaient les mêmes opinions, malgré la barrière de la langue et les différences arbitraires de race, de religion et de culture ; et elles surent au plus profond de leur cœur qu'elles se trouvaient du même côté, quoi qu'il pût arriver.

*
**

Rafi ne tarda pas à revenir, annonçant sa présence par un léger sifflotement. Zara poussa un soupir de soulagement.

— Oh, Dieu soit loué ! Je me suis fait un sang d'encre ! Où étiez-vous passé ?

Le sourire qu'il lui adressa la fit fondre.

— Vous vous êtes inquiétée pour moi, mon amour ?

Zara baissa les yeux en hochant la tête.

— Il ne faut pas. Il ne m'arrivera rien, n'ayez crainte. Rien ni personne ne pourra m'empêcher de vous emmener loin d'ici.

Le doux silence des amants retomba entre eux.

— Avez-vous formulé un souhait en mon absence ?

Elle avait prié pour qu'il ne lui arrive rien, s'en remettant tout à coup à la superstition tant la rongeait son sentiment d'impuissance. Elle s'abstint néanmoins de le lui dire mais il secoua la tête, comme s'il avait deviné.

— C'est à vous que les souhaits sont réservés. Alors, dites-moi, quel est votre souhait le plus cher, en cet instant précis ?

Zara commençait vraiment à croire qu'il pouvait exaucer tous ses désirs, même en territoire ennemi.

— Un savon et un bain d'eau fraîche, répondit-elle avec une pointe de défi dans la voix, s'attendant presque à voir deux Compagnons pénétrer dans la pièce chargés d'une baignoire en marbre remplie de bulles.

— Vos désirs sont des ordres, répondit Rafi en prenant une voix grave.

En un éclair, il disparut de l'autre côté du mur et réapparut un instant plus tard avec un grand baquet d'eau. Il le posa, s'en fut de nouveau et lorsqu'il revint, il tenait à la main un gant de toilette et...

— Du savon ! s'écria Zara, enchantée.

Il le lui tendit et elle le porta à ses narines, inhalant avec bonheur son parfum délicatement subtil d'amandes et de patchouli.

— Oh, pouvez-vous me dire où vous avez déniché ça?

— C'est la magie de la bague, répondit le génie. Il n'y a pas de serviette mais l'air chaud se chargera de vous sécher. Désirez-vous que le génie vous aide à faire votre toilette, madame?

Pourquoi le laissa-t-elle faire? Zara ne le sut jamais. Le prince Rafi s'approcha d'elle, la fit pivoter sur ses talons de façon à ce qu'elle lui tourne le dos, repoussa doucement ses cheveux sur le côté et entreprit de baisser la fermeture Eclair de sa robe.

De petits frissons, semblables à des décharges électriques, coururent sur sa peau. Elle aurait dû l'arrêter, elle aurait dû le repousser et lui demander de quitter la pièce pendant qu'elle faisait sa toilette... seule. Mais elle n'en fit rien.

Lorsque l'étoffe jadis blanche glissa sur ses hanches, Rafi l'attrapa et la souleva pour l'aider à s'en débarrasser. Puis il jeta le vêtement sur le matelas sans la quitter des yeux un seul instant.

Elle était petite et menue, l'incarnation de la beauté fémi-nine à ses yeux mais cela, il le savait déjà. Elle ne portait plus qu'un tout petit slip, son seul vêtement mis à part ses longues boucles brunes qui dissimulaient le haut de son dos et une épaule, tel un voile soyeux.

Elle l'entendit retenir son souffle, mais il demeura silen-cieux.

Les yeux de Rafi glissèrent sur la chaîne qui emprisonnait sa cheville et elle suivit son regard. Impossible de retirer son slip avec ça. Pourtant, elle sentit ses doigts se crisper sur l'élastique, au niveau de la taille.

Le craquement du tissu qu'on déchire couvrit le soupir de Zara. Rafi souleva légèrement les deux pans de soie déchirée, les muscles contractés pour éviter de la toucher. Quelques instants plus tard, avec le détachement d'un domestique, il fit glisser la culotte le long de sa jambe libre et l'aida à s'en débarrasser.

Puis il se redressa et laissa son regard errer sur son corps de déesse. Sa poitrine ronde et haut perchée, ses hanches aux courbes parfaites, ses articulations délicates...

— Lorsque je vous ouvrirai les portes de mon palais, dit-il avec une désinvolture qu'elle lui envia, c'est-à-dire dès que nous serons libres, vous pourrez prendre un vrai bain.

Les lèvres entrouvertes, le souffle court, Zara le regarda se pencher sur le baquet d'eau dans lequel il plongea le gant de toilette avant de le frotter avec le morceau de savon.

Il commença par son visage. Soigneusement, méticuleusement, il lui lava le front, les oreilles, les paupières, les joues, le menton, les lèvres et le cou. Puis il lui rinça le visage avec la même application.

— Voulez-vous que je vous décrive le hammam que vous posséderez lorsque vous serez reine ?

Comme Zara tardait à répondre, infiniment troublée, il prit son silence pour un assentiment.

— Le hammam de la reine est assez récent, il a été construit il y a un peu plus d'un siècle seulement. Mon ancêtre a ajouté une aile immense au palais d'été lorsqu'il a pris une nouvelle épouse, jeune et ravissante. Il la chérissait tellement que ses autres femmes en étaient jalouses. Elle se prénommait Hala et on continue à appeler cette partie du palais l'aile de Hala. Par tradition, elle appartient à l'épouse du souverain. Ma belle-mère l'a occupée toute sa vie.

Ses épaules, ses bras, ses aisselles... le contact de ses doigts à travers le gant de toilette était à la fois excitant et hypnotique ; Zara eut l'impression d'entrer dans une espèce de transe fiévreuse, divinement sensuelle.

— Les bains de la reine sont constitués d'une série de pièces dix fois plus grandes que celle-ci, ma chérie, et toutes sont habillées de marbre précieux. Certaines parties sont décorées de fresques aux couleurs enchanteresses. C'est l'œuvre d'un célèbre artiste en mosaïque. Vous y verrez Shirin en train de se baigner dans un ruisseau, sous l'œil admiratif de Khosrow. Tout autour des murs sont représentés ses chevaux, ses hommes et ses éléphants, tous parés de couleurs éclatantes.

Il entreprit de lui laver les doigts un à un puis l'invita à se pencher en avant pour se rincer dans l'eau délicieusement fraîche. L'espace d'un instant, Zara se demanda où il était allé la chercher mais elle n'osa formuler sa question à voix haute de peur de rompre le charme. C'était comme si sa peau respirait de nouveau, et entre cette sensation de plénitude et le contact électrisant des doigts de Rafi, elle nageait en plein bonheur.

— D'autres scènes sont retracées dans d'autres fresques, tirées des légendes préférées de la jeune épouse de mon ancêtre. Certaines ornent même le plafond, tandis que d'autres encore s'étalent dans le fond des bassins. On raconte que mon ancêtre et sa jeune femme aimaient se baigner ensemble. Peut-être goûterons-nous aussi ce plaisir ? Vos domestiques vous laveront le corps et les cheveux avant de vous masser avec des huiles subtilement parfumées. Votre génie n'en a pas apporté, madame, car si tous vos vœux étaient exaucés ici, auriez-vous encore envie de découvrir mon palais ?

— Le simple parfum du savon me comble de bonheur, murmura Zara.

Avec un détachement étonnant, il entreprit de laver la partie la plus intime de son anatomie. Zara se raidit un instant avant de se détendre, touchée par sa délicatesse.

— Lorsqu'on vous aura massée avec toutes ces huiles relaxantes, mon amour, et que je me trouverai à côté de vous, serez-vous capable de me résister ? Lorsque je vous prendrai dans mes bras et que je vous embrasserai, trouverez-vous la force de me repousser ?

Sa voix était aussi sensuelle que ses gestes. Les paupières de Zara se fermèrent à moitié tandis que de délicieux petits frissons couraient sur sa peau.

Un sourire flotta sur les lèvres de Rafi. Si ses caresses avaient un tel effet sur elle, elle s'offrirait à lui, cela ne faisait aucun doute. Bientôt, elle serait sienne.

— Plongez votre pied dans le seau, ordonna-t-il en s'accroupissant pour asperger sa cuisse.

Elle posa une main sur son épaule et souleva son pied afin que Rafi le débarrasse de la couche de poussière qui le recouvrait. Puis elle le secoua et le reposa à contrecœur sur le sol. Il en fut de même pour l'autre pied, celui qui était enchaîné.

— Je n'aurais jamais imaginé qu'un roi me laverait les pieds un jour, murmura-t-elle avec un petit sourire.

Il leva les yeux vers elle.

— La mission d'un roi est de servir.

— Vraiment ?

— Il sert son peuple. C'est son devoir. Si... *quand* vous deviendrez ma femme, vous serez investie du même devoir. Ma belle-mère a été une reine exceptionnelle. Elle a tout fait pour améliorer la vie quotidienne du peuple. Vous serez comme elle. Vous êtes déjà comme elle.

Sans lui laisser le temps de réagir, il déposa un petit baiser de chaque côté de son genou et se redressa légèrement, un sourire charmeur aux lèvres. Il avait terminé.

— Comment vous sentez-vous, madame ?

— Infiniment propre. Bien dans ma peau. Merci, dit Zara.

Comme il l'avait prédit, l'air chaud l'avait déjà séchée entièrement.

— Je suppose qu'il faut que je me rhabille, maintenant, ajouta-t-elle en contemplant sa robe sale d'un air réticent.

Il secoua la tête.

— Mais enfin, madame, n'avez-vous pas encore pris l'habitude d'utiliser votre bague ?

Les yeux de Zara s'arrondirent de surprise.

— Vous... c'est vrai ? Des vêtements propres ?

Il haussa les épaules.

— Formulez votre vœu et vous verrez.

— Très bien.

Elle caressa doucement la grosse émeraude, ferma les yeux et l'entendit s'éloigner à pas de loup.

— J'aimerais des vêtements propres, chuchota-t-elle.

Elle rouvrit les yeux. Le seau, le savon, le gant de toilette et ses vêtements avaient disparu; elle était seule dans la pièce.

Quelques instants plus tard, Rafi était de retour. Il tenait dans ses mains un petit tas de tissu blanc, soigneusement plié, qu'il lui tendit. Sur le dessus se trouvait une petite culotte en coton blanc. Un léger cri étonné s'échappa des lèvres de Zara lorsqu'elle découvrit une série de minuscules boutons nacrés qui fermaient un côté. Elle n'eut donc aucun mal à l'enfiler, malgré sa chaîne. Pas de dentelle, pas de fioritures, mais de la douceur et du confort, c'était exactement ce dont elle rêvait.

— Oh, c'est merveilleux! s'écria-t-elle avant de déplier un large pantalon en coton blanc dont la coupe ingénieuse permettait de l'envelopper autour des jambes et de le nouer à la taille.

Le dernier vêtement était une tunique. Lorsqu'elle eut revêtu la tenue complète, elle s'aperçut que le résultat ressemblait à s'y tromper à sa tenue initiale.

— La vieille femme ne verra jamais la différence dans la pénombre, s'exclama-t-elle, enchantée.

Même Jalal ne remarquerait rien. Il ne l'avait vue qu'au clair de lune, à la lueur d'une lanterne ou d'une bougie.

— Comment... où avez-vous trouvé tout cela?

Le prince Rafi la dévisagea d'un air solennel.

— Zara, je suis un roi.

Il avait parlé d'une voix douce mais soudain, elle sentit toute sa puissance. Un sourire naquit sur ses lèvres.

— Vous n'avez qu'à claquer dans vos doigts pour qu'un serviteur satisfasse vos moindres désirs, c'est ça?

Le regard de Rafi s'assombrit brusquement.

— Si vous acceptez de satisfaire mes désirs lorsque l'heure sera venue, alors je serai heureux, mon amour. Cela seul compte pour moi.

9.

Le soir venu, il s'allongea auprès d'elle sur l'étroit matelas, l'enveloppant de ses bras protecteurs tandis qu'ils bavardaient tranquillement. Aussi étrange que cela puisse paraître dans de telles circonstances, Zara se sentait paisible et sereine, totalement en confiance. Encouragée par Rafi, auditeur attentif et intéressé, elle parla de ses parents, de son enfance à Toronto, de ses amis.

Au bout d'un long moment, dévorée par une curiosité grandissante, elle lui demanda ce qu'il avait fait le matin, lorsqu'il s'était absenté.

— Je suis parti à la recherche de l'entrée du tunnel.

— Mais comment?

— Ne vous faites pas de souci pour moi, Zara, répondit-il avec douceur. Je suis guidé par une bonne étoile, elle veille sur moi depuis le jour de ma naissance. Aujourd'hui, j'ai essayé de prendre quelques repères à l'intérieur de cette forteresse. J'ai également entrepris de me frayer un passage à travers les parties abandonnées de la bâtisse. J'ai déjà avancé de cinq ou six pièces dans cette direction-là...

Il indiqua le trou dans la pièce voisine.

— La forteresse a été édifiée autour d'une vaste cour centrale, un plan tout à fait classique. Je suis sûr que l'entrée du tunnel ne se trouve pas dans cette cour, je pense qu'elle se situe soit dans les parties en ruine, soit autour de la forteresse. Vous souvenez-vous par hasard d'un détail qui pourrait m'aider à la trouver?

— Tout ce que je peux vous dire, c'est que nous avons gravi une légère pente avant d'entendre des voix et de nous arrêter. Que savez-vous, au juste, sur cette forteresse? Savez-vous à quelle période elle fut construite?

Il haussa les épaules en souriant.

— L'archéologie n'a jamais été mon point fort. A la Sorbonne, j'ai étudié les sciences politiques et économiques. Ce qui ne m'avance guère, en l'occurrence.

— Vous avez étudié à la Sorbonne? s'étonna Zara.

— Oui, j'ai passé mon année de licence là-bas.

— Moi aussi, j'ai passé un an à la Sorbonne! En quelle année y étiez-vous?

Evidemment, plusieurs années avaient séparé leurs inscriptions mais tout à coup, le prince Rafi lui sembla plus proche, plus accessible... moins éloigné du monde dans lequel elle évoluait. Finalement, n'était-ce pas elle qui avait fait preuve d'intolérance, voire d'un soupçon d'arrogance, à son égard?

— Alors vous parlez également français?

— Bien sûr. Pourquoi cela vous surprend-il autant?

— Eh bien... c'est juste que... j'aimerais parler l'arabe. Mais je ne connais que cinq mots!

— Votre *salaam aleikum* était tout à fait délectable, l'autre jour, à l'oasis. Vous apprendrez vite le reste, la rassura Rafi. Des professeurs particuliers viendront vous donner des cours et nous nous efforcerons de ne pas parler anglais entre nous.

Zara se mordit la lèvre inférieure.

— Rafi, vous parlez comme si...

Sa voix se brisa.

— Comme si?

— Eh bien, comme si j'avais accepté de...

— De m'épouser? Oui, c'est bien ainsi que je parle, mon amour. Je ne vous presserai pas tant que nous serons ici. Je comprends que vous ne puissiez pas me donner de réponse pour le moment. Mais je crois, je sais que lorsque tout sera fini, lorsque vous respirerez de nouveau l'air de la liberté, vous viendrez me voir chez moi, dans mon palais. Et alors, je ferai tout ce qui est en mon pouvoir pour vous convaincre d'accepter ma proposition. Vous finirez par m'aimer. Vous verrez.

Tiraillée par des émotions contradictoires et confuses, Zara ne répondit pas. Conscient de son trouble, Rafi ramena la conversation vers des sujets plus neutres. Ils évoquèrent encore le passé avant d'échanger leurs goûts en matière de littérature, de peinture et musique. Des goûts étonnamment proches.

Rafi s'en alla lorsqu'elle commença à s'endormir. La dernière chose dont elle se souvint fut le baiser aérien qu'il déposa sur son front. Puis elle se mit à rêver.

Elle rêva qu'elle tombait amoureuse de Rafi.

Le lendemain, le génie lui apporta une petite lime métallique. En proie à une vague d'euphorie incontrôlable, Zara se mit aussitôt à l'ouvrage en s'attaquant à l'anneau qui lui enserrait la cheville. Mais ils s'aperçurent vite que le grincement aigu, répétitif, portait plus loin qu'ils ne l'auraient cru.

— Il serait plus prudent de le faire petit à petit, quelques minutes chaque fois, conseilla sagement Rafi. Et pour le cas où quelqu'un viendrait voir ce qui se passe, il nous faut trouver une bonne cachette qui soit à votre portée sur-le-champ. Malgré tout, cette entreprise n'est pas sans danger. Vous sentez-vous prête à la tenter?

— Bien sûr, répondit Zara sans une seconde d'hésitation. A quoi servirait de trouver l'entrée du tunnel si je suis toujours enchaînée?

— Nous demanderions à nos hommes de lancer l'assaut, répondit-il.

Mais il serait plus sûr de libérer Zara d'abord; en outre, elle supporterait beaucoup mieux sa captivité si elle pouvait préparer activement leur fuite.

Ensemble, ils examinèrent l'alignement des pierres derrière elle et, à la lueur de la bougie, découvrirent une fente étroite juste à côté de l'endroit où sa chaîne était fixée, là où le mur rencontrait l'embrasure de ce qui avait jadis été une porte. La fente n'était pas très profonde, mais elle pouvait y glisser la lime sur la tranche; c'était une cachette presque parfaite.

Ils convinrent qu'elle limerait l'anneau deux fois par jour, pendant quelques minutes seulement, après chaque visite de la vieille femme.

Brusquement, Zara se sentait renaître.

Dans l'après-midi, en même temps qu'il venait lui apporter un fruit juteux et sucré, le génie déposa devant elle un grand seau d'eau. Il lui fit de nouveau sa toilette et, cette fois, lui lava les cheveux.

Comme elle peignait sa longue chevelure humide, envahie d'une exquise sensation de fraîcheur, Rafi prit la parole :

— Je vais essayer d'envoyer un message à mes frères cette nuit. Vous devrez donc rester seule ici. L'idéal serait que vous ayez une bougie, car je sais que vous allez vous inquiéter pour moi, même si c'est inutile. Nous ne pouvons pas utiliser la nôtre, ce serait trop risqué si quelqu'un en apercevait la lueur. Mais vous pourriez peut-être en demander une à la vieille lors de sa prochaine visite. Sans doute aura-t-elle pitié de vous.

— Oh oui, sans aucun doute, Rafi.

— En arabe, « bougie » se dit *shama'a*.

— *Shama'a,* répéta Zara.

Comme il hochait la tête pour l'encourager, elle prononça le mot à plusieurs reprises. Son sourire approbateur lui réchauffa le cœur.

— Vous voyez, vous apprendrez vite à vous adresser à

mon peuple dans sa propre langue. C'est une langue magnifique, à la fois précise et raffinée. Je suis sûr que vous prendrez un immense plaisir à l'étudier.

— Très précise, en effet, répéta-t-elle avec un sourire mutin. J'ai entendu dire que vous disposiez d'une vingtaine de mots pour désigner un chameau.

— La langue anglaise est également très riche, non ? Combien de mots avez-vous pour désigner un chien ?

Elle haussa un sourcil.

— Combien ?

— Molosse, cerbère, limier, roquet, toutou, basset, braque, berger, corniaud, fox-terrier et j'en passe... Vous voyez ?

Zara éclata de rire, étonnée une nouvelle fois par l'étendue des connaissances du prince Rafi. Avec lui, elle était sans cesse obligée de repousser les limites de sa réflexion, et cet exercice se révélait aussi grisant qu'enrichissant.

Lorsqu'elle se retrouva seule, une bouffée d'impatience l'envahit. A présent qu'elle était investie d'une besogne productive, elle avait hâte que la vieille femme arrive pour pouvoir commencer à limer l'anneau.

Elle était tellement impatiente qu'elle faillit oublier de lui demander une bougie. Ce ne fut que lorsque la vieille réapparut pour la seconde fois avec le seau vide qu'elle la gratifia d'un sourire en murmurant d'un ton implorant :

— *Shama'a ?*

— Ahhh ! s'écria la vieille femme en laissant échapper un chapelet de mots qui exprimaient manifestement la surprise.

Elle parla pendant quelques instants d'un ton désolé, tapa plusieurs fois dans ses mains, esquissa quelques mimiques qui semblaient dire que non, hélas, ce ne serait pas possible. Il ne voudrait pas.

Zara ne se découragea pas. « *Shama'a ?* », répéta-t-elle de nouveau.

A force de paroles murmurées et de gestes, la vieille femme lui fit comprendre qu'elle n'avait rien pour allumer la bougie. A quoi bon disposer d'une bougie si on ne pouvait pas l'allumer ?

Zara sentit son cœur chavirer. Bon sang, pourquoi n'avaient-ils pas songé à ce détail ? C'était vraiment trop bête ! Si seulement elle avait gardé le briquet de Rafi... elle aurait pu le montrer à la vieille, lui faire comprendre qu'elle en avait un sur elle à son arrivée... Mais à présent, c'était trop tard.

Elle leva les mains en l'air en esquissant un sourire dépité, se rendant aux arguments de son interlocutrice.

Cette dernière se pencha en avant et effleura de sa main brune et ridée la joue de Zara en murmurant quelques mots désolés. Sur un dernier regard lourd de compassion, elle quitta la cellule.

Luttant contre l'impatience qui la rongeait, Zara se força à compter jusqu'à cent avant de s'emparer de la précieuse lime. Suivant les consignes de Rafi, elle travailla pendant quelques secondes et marqua une pause, l'oreille tendue. Puis elle recommença. Couvrit de poussière l'entaille brillante qui entamait le métal afin de ne pas attirer l'attention.

Zara reproduisit les mêmes gestes pendant quelques minutes. Lima, écouta, ajouta un peu de poussière, lima de nouveau.

Elle était en train de passer de la poussière sur l'entaille pour la dernière fois lorsque soudain, des bruits de pas retentirent dans le passage. Quelqu'un approchait. Le cœur battant à cent à l'heure, Zara se redressa, attrapa la lime d'un geste fébrile et la glissa dans la fente qu'ils avaient repérée.

Elle agit hélas avec trop de précipitation. Au lieu de trouver sa place contre la pierre, l'outil lui glissa des doigts. Mortifiée, elle l'entendit rouler sur le sol, hors de sa portée.

10.

C'était la vieille femme qui arrivait d'un air triomphant, le visage éclairé d'un large sourire, tenant une bougie dans la main droite et un briquet dans la main gauche. Luttant contre les larmes de frustration qui lui brûlaient les paupières, Zara s'efforça de lui témoigner de la gratitude.

— Merci, *shokran jazilan!* répéta-t-elle plusieurs fois pendant que sa bienfaitrice s'accroupissait à côté pour lui montrer les merveilles technologiques du petit briquet en plastique.

Etait-ce Jalal qui lui avait donné l'autorisation d'apporter ce petit matériel à l'otage, ou bien la vieille femme avait-elle agi en secret, sans en parler à personne?

— *Shokran jazilan!* continua-t-elle à murmurer en baissant la tête pour dissimuler son désarroi. *Shokran, shokran!*

La vieille femme glissa une main sous le menton de Zara et le souleva doucement. Des larmes qu'elle était incapable de retenir coulaient le long de ses joues.

— Aiiii! gémit la vieille avant d'essuyer délicatement les larmes du bout de son index rugueux.

Sans doute crut-elle que c'étaient là des pleurs de gratitude. Au prix d'un effort, Zara esquissa un pâle sourire pendant que sa compagne murmurait des paroles apaisantes. Ne pleure pas, pauvre petite. Voilà, voilà. Cesse de pleurer.

Zara se laissa consoler mais dès qu'elle se retrouva seule, elle alluma la bougie avec des doigts tremblants, essuya ses dernières larmes d'un geste impatient et essaya d'apercevoir la lime par la fente étroite.

Elle ne pouvait passer plus d'une phalange et ne sentit rien d'autre qu'un léger souffle d'air. Elle essaya de gratter le sol, puis la pierre, en vain.

La bougie était petite. Elle savait que Rafi en avait d'autres, mais malgré tout, c'était ridicule de la gâcher inutilement. Aussi abandonna-t-elle sa tâche désespérée pour s'allonger, les yeux rivés sur le rai de lumière qui s'amenuisait progressivement, annonçant le coucher du soleil.

Elle espérait que Rafi reviendrait après son repérage, juste avant d'envoyer le message à ses frères. Il ne se lancerait probablement pas dans une telle entreprise avant la nuit tombée...

Déjà, elle se sentait terriblement dépendante de lui. Elle savait que son rêve reflétait la réalité, une réalité à demi consciente qui ne demandait qu'à s'épanouir, à inonder son cœur.

Elle était bel et bien en train de tomber amoureuse de lui.

Ses pensées vagabondèrent tranquillement. Si elle l'aimait vraiment, il ferait un époux merveilleux. Il était courageux, respectable, et sa noblesse d'âme semblait incommensurable. Et puis, il était tellement protecteur à son égard, tellement généreux et attentif ! Des traits de caractère, des qualités exceptionnels chez un homme. Il possédait en outre une imagination débordante et un sens de l'humour remarquable... Pouvait-on rêver meilleur parti ?

Instinctivement, Zara porta la bague à ses lèvres dans la lumière déclinante. Le bijou capta un dernier rai venu de nulle part et elle scintilla fugitivement, comme une lueur d'espoir. Juste avant de sombrer dans le sommeil elle l'embrassa, l'effleura de ses lèvres avec tendresse et se prit à faire un vœu...

Il était très tard lorsque Rafi la rejoignit. Il avait eu beaucoup de mal à transmettre le message à ses frères. Les gardes de Jalal faisaient preuve d'une extrême vigilance.

— Ils déploient une tactique quasi militaire, expliqua-t-il à Zara, bien qu'ils donnent l'impression de n'être qu'une bande de voyous. Ils se communiquent le mot de passe d'une voix à peine audible. J'ai réussi à l'entendre l'autre jour mais ce soir, je n'ai pas pu m'approcher suffisamment et j'ai dû attendre longtemps avant de le comprendre enfin. Mes frères avaient une nouvelle à m'annoncer.

— Laquelle ? demanda Zara.

Elle dormait profondément mais s'était réveillée, presque instinctivement, dès qu'il avait glissé la tête dans la fente. A présent, ils étaient assis côte à côte.

— Nous en saurons plus demain. C'est demain que Mustafa vient ravitailler le campement en nourriture. L'un de mes Compagnons prendra la place de son frère. C'est encore le moyen le plus sûr de pénétrer dans le campement.

Zara étouffa un bâillement et Rafi, glissant un bras autour de ses épaules, l'attira doucement contre lui.

— Il est tard, je ne voulais pas vous réveiller. Allongez-vous et rendormez-vous.

— Au contraire, je suis très heureuse de m'être réveillée, protesta la jeune femme. Et puis, je n'ai plus très envie de dormir. Moi aussi, j'ai quelque chose à vous dire, commença-t-elle avant de lui confier d'un ton penaud sa mésaventure avec la lime.

— Croyez-vous qu'on pourrait la récupérer avec un petit bâton dont on badigeonnerait l'extrémité avec quelque chose de collant ? suggéra-t-elle finalement après avoir fait son mea culpa.

Un sourire se dessina sur les lèvres de Rafi.

— Ne vous inquiétez pas pour ça. Si Dieu le veut, nous trouverons un moyen de récupérer cette lime. Mais attendons jusqu'à demain. Laissez-moi d'abord parler au Compagnon qui doit me faire part des projets de mes frères.

Zara hocha la tête, rassurée.

— D'accord.

Le silence retomba et le souvenir de son dernier rêve revint tout à coup à l'esprit de Zara. Elle venait d'arriver dans le harem d'un immense palais d'or et de marbre ; des esclaves venaient la chercher en pleine nuit car le Sultan de Tous les Mondes la réclamait... Elles la conduisaient au hammam pour la préparer. Le rituel du bain, des massages aux huiles parfumées... Une sensualité infinie émanait de chacun de leurs gestes.

Une fois parée, on l'emmenait dans les appartements du souverain. Il y avait de la musique, une musique langoureuse, enchanteresse. Un immense lit drapé de mousseline de soie trônait au milieu de la pièce. Elle savait qu'il était là, elle sentait sa présence dans chaque fibre de son être. Sans se montrer, il tapa dans les mains. « Dansez pour moi », commanda-t-il d'une voix rauque.

Guidée par les accents sensuels de la musique, elle ondula les hanches, leva les mains et les agita gracieusement au-dessus de sa tête. Elle prenait un plaisir infini à laisser son corps déjà grisé par mille sensations inédites s'exprimer librement, là, au milieu de cette pièce au riche décor, sous le regard du sultan qu'elle devinait lourd de désir.

Elle l'avait enfin découvert, cet homme qui l'avait réclamée le soir même de son arrivée. Beauté sombre, ténébreuse, regard de braise, teint mat et bouche au contour ferme, il possédait un corps superbement découplé, un corps fait pour donner du plaisir.

Ils avaient fait l'amour lentement, passionnément, avec ardeur et tendresses mêlées. « Rafi ! », avait-elle crié en atteignant un orgasme explosif. « Zara ! », avait répondu le souverain en la rejoignant dans l'océan de volupté qu'elle explorait avec délice.

Elle aimait cet homme, c'était évident. Un petit soupir s'échappa de ses lèvres comme elle s'arrachait à contre-cœur à sa rêverie.

— Que se passe-t-il, mon amour ? s'enquit Rafi.

— J'aurai de nombreuses choses à apprendre si je vous épouse, n'est-ce pas ?

— Cela vous fait-il peur ?

— Oui, un peu. C'est normal, non ?

Il demeura quelques instants silencieux, son regard noir empreint de gravité, tandis que son étreinte se resser-rait.

— Nous sommes jeunes, Zara. Vous avez vingt-cinq ans, j'en ai trente. Quoi que nous réserve Dieu, il nous reste de toute façon beaucoup de choses à apprendre. Vous êtes une femme curieuse, avide de connaissances. Que vous m'épousiez ou non, l'avenir nous réserve son lot de surprises, de vérités et d'expériences diverses. Vous connaissant, vous ne vous satisferez jamais de ce que vous avez acquis mais vous essaierez plutôt d'en apprendre toujours davantage, je me trompe ?

Il marqua une pause avant de reprendre :

— La culture de mon peuple ne sera pas plus difficile à appréhender que celle des contemporains d'Alexandre. En fait, ce sera même plus facile pour vous. Vous êtes obligée de chercher des réponses sur le passé dans les vieux cailloux ; or je suis loin, moi, d'être de pierre ! Lorsque vous me poserez des questions, je répondrai. Lorsque vous me toucherez, mon sang courra plus vite dans mes veines... Vous verrez, mon amour. Vous verrez.

11.

Lorsque le rayon de soleil les tira du sommeil le lende-main matin, ils étaient toujours enlacés. Rafi bâilla avant de poser sur les lèvres de Zara un doux baiser.

— N'est-ce pas divin de se réveiller ainsi, dans les bras l'un de l'autre? Est-ce quelque chose que vous aimeriez faire chaque jour de votre vie?

Avant qu'elle ait eu le temps de répondre, il sembla se souvenir de l'endroit où ils se trouvaient. Réprimant un juron, il murmura :

— Je n'aurais pas dû passer la nuit ici. Quelqu'un aurait pu venir et nous découvrir; c'est beaucoup trop risqué.

Il la laissa peu de temps après, car c'était dans l'agitation du matin qu'il pouvait se risquer à explorer les environs sans trop de danger. Tout le monde allait et venait et dans la foule, il n'était qu'une silhouette anonyme coiffée d'un kef-fieh blanc.

Après son départ, Zara accomplit ses gestes rituels du matin. Elle ne manquait plus d'eau à présent que Rafi, ayant repéré le puits dans la cour centrale, gardait en permanence un seau rempli dans la pièce voisine. Elle pouvait donc se laver le visage et les mains, se brosser les dents tous les matins et démêler ses cheveux avec un peigne humide.

Lorsqu'elle eut terminé ses ablutions, elle se rassit pour attendre. C'était l'aspect le plus difficile de sa captivité, l'inactivité forcée. Elle redoutait de se laisser envahir par des pensées négatives.

Ce jour-là, elle se remémora le rêve merveilleux, d'une richesse et d'une sensualité indicibles, qu'elle avait fait la veille au soir. Elle passa une bonne heure à tout revivre, le palais somptueux, les esclaves attentionnés, les vêtements féeriques dont ils l'avaient parée... le regard brûlant du Sultan de Tous les Mondes.

Elle repensa aussi aux premières paroles de Rafi lorsqu'il s'était réveillé tout contre elle. Elle avait éprouvé le même bonheur à ouvrir les yeux dans ses bras. Elle se sentait tellement bien en sa présence ! Epanouie, sereine. C'était comme si elle le connaissait depuis longtemps.

Elle l'entendit soudain marmonner doucement, « Aïe... Aïe...! », puis un drôle de gémissement parvint à ses oreilles. Tenaillée par une sourde angoisse, elle bondit sur ses pieds.

— Rafi, que se passe-t-il ?

Il pénétra dans la pièce par la fissure. Une espèce de bosse tendait sa chemise au niveau de la taille, sur le côté, une bosse qu'il maintenait d'une main crispée. En un éclair, Zara songea à une blessure recouverte d'un pansement de fortune. Mais le pansement en question semblait bouger vigoureusement. Zara contemplait la scène, bouche bée.

— Votre génie est de retour, madame ! s'écria Rafi. Et ce n'est pas trop tôt, croyez-moi... j'ai bien failli hurler de douleur et me trahir ! Aïe, espèce de petit monstre, ne sais-tu donc pas reconnaître quelqu'un qui te veut du bien ? ajouta-t-il en saisissant la boule qui continuait à se débattre sous sa chemise.

S'efforçant de l'éloigner de lui, il déboutonna le vêtement de sa main libre puis glissa ses doigts sous l'étoffe avec une grimace.

Il ressortit une main pleine de fourrure, moustaches au vent, griffes dehors. Et une petite bouche rose qui miaulait furieusement dans sa direction.

— Un chaton ! s'exclama Zara. Oh, Rafi, comment avez-vous...

— Attention! Ses griffes piquent comme des aiguilles.

Zara fut secouée d'un fou rire incontrôlable. Il tenait la minuscule créature dans une main, à bout de bras, tandis que les quatre petites pattes battaient l'air frénétiquement, griffes sorties. Une image de David et Goliath : le guerrier du désert tenu en échec par quelques grammes de fourrure grise et blanche.

— C'est ça, moquez-vous, allez-y, grommela Rafi d'un ton plaintif.

Il déposa le petit animal, qui courut se réfugier sous la couverture de Zara. Rafi le foudroya du regard.

— Moi qui croyais que les chatons étaient censés être des petites choses toutes douces!

— Vous représentez une menace pour lui, expliqua Zara d'un ton indulgent. Comment pourrait-il deviner votre noblesse d'âme alors que vous ne vous êtes pas correctement présenté?

— En tout cas, on dirait qu'il a reconnu la vôtre.

Après être resté quelques instants enfoui dans les replis de la couverture, le petit animal pointa son nez rose vers l'extérieur, yeux grands ouverts. S'agenouillant à côté de lui, Zara avança lentement un doigt dans sa direction et le chaton le renifla prudemment.

— Il est adorable. Où l'avez-vous trouvé?

— Ils sont à peu près une demi-douzaine à hanter les cuisines communes, attendant que les femmes leur jettent quelques restes. Si quelqu'un le découvre ici, vous pourrez toujours dire qu'il est venu tout seul.

Réprimant une grimace de douleur, il retira sa chemise et Zara se leva pour examiner ses blessures de guerre. De nombreuses griffures marquaient sa hanche et une partie de son torse. De grosses gouttes de sang commençaient à perler.

— Doux Jésus, combien de temps l'avez-vous gardé sous votre chemise?

— À peine cinq minutes. Une minute de plus et j'aurais capitulé, ajouta-t-il avec humour.

Le sang coulait à présent sur sa peau.

— Je n'ai rien pour essuyer ! s'exclama la jeune femme. Je vais vous nettoyer avec un peu d'eau, vite.

Elle fit couler un mince filet d'eau sur ses doigts puis les passa délicatement sur la hanche et le ventre de son compagnon, effaçant les gouttes de sang. Il avait un corps à la fois ferme et lisse, un torse puissant recouvert d'une toison brune, des hanches étroites, des bras musclés... les mains posées à plat contre sa peau, Zara suspendit son geste.

Evitant soigneusement de regarder Rafi, elle retira ses mains. Trop tard... Elle vit les longs doigts du prince se refermer autour de ses bras tremblants.

— Zara, murmura-t-il d'une voix enrouée.

Elle leva la tête, dans l'attente de son baiser. En cet instant précis, et plus que tout au monde, elle désirait goûter à ses lèvres pleines, à la douceur de sa langue...

— Zara, si je donne libre cours à mon désir, je ne répondrai plus de mes actes. Ce serait trop dangereux, ici. Je brûle d'envie de vous embrasser, de... mais si je cède à mes envies, je ne pourrai pas m'arrêter à un baiser. Je connais mes limites, je sais aussi ce que je veux prendre et vous donner. Jamais encore je n'ai éprouvé un désir aussi intense. Si je vous fais l'amour, je suis perdu.

Il se tut brièvement avant de reprendre, de la même voix sourde :

— Je dois résister à mon envie de vous embrasser, Zara. Le désir qui nous pousse l'un vers l'autre est trop ardent. Lorsque mes frères et moi, nous aurons mis fin à votre captivité, alors...

Il hocha la tête d'un air entendu.

— Ce que j'essaie de vous dire, c'est que je vous aime et que j'ai terriblement envie de vous. Mais je dois absolument refréner ce désir qui me dévore tant que nous serons coincés ici.

— D'accord, murmura Zara en réprimant un sourire heureux.

Son instinct ne l'avait pas trompée : Rafi était bel et bien l'homme de sa vie...

Le chaton n'apprécia pas du tout le bain qu'elle lui administra un peu plus tard, mais Zara demeura indifférente à ses miaulements de détresse, bien décidée à le débarrasser de ses puces.

Se souvenant brusquement de la robe sale, jadis d'un blanc immaculé, qu'elle avait cachée sous le matelas, elle en déchira un morceau et le sécha vigoureusement. Puis elle étala un autre pan de soie sur lequel elle déposa la petite créature indignée.

Un moment plus tard, Zara s'amusa à lui donner les quelques morceaux de viande que Rafi avait apportés à son intention avant de disparaître de nouveau. Le chaton se jeta sur la nourriture, qu'il dévora avec avidité. Tout propre, son pelage avait recouvré douceur et brillance, et Zara prit plaisir à le couvrir de caresses alors qu'il s'était confortablement lové sur ses genoux.

Elle dut s'endormir, bercée par les ronronnements du chaton ; ce fut un cri aigu qui la tira de sa torpeur. Le chat n'était plus sur ses genoux. Elle reconnut la voix de la vieille femme. L'instant d'après, la petite boule de poil regagna sa couche à toute allure.

Rassemblant ses esprits, Zara tourna la bague contre sa paume et se glissa vivement sur la partie exposée du matelas de mousse. Une seconde plus tard, la vieille femme pénétrait dans la pièce en poussant des cris de surprise. Que faisait ce petit chat ici ?

— *Mash'allah,* répondit Zara.

C'est la volonté de Dieu.

« Dieu veille sur les êtres délicats. Tenez, ma petite, voici de quoi boire et manger. »

Zara accepta la galette de pain plate enroulée autour d'un morceau de viande succulent et hocha plusieurs fois la tête en signe de gratitude. On ne lui apportait pas souvent de viande, et son goût lui manquait. Mais avant de déguster son repas, elle déchira un petit morceau de viande qu'elle présenta au chaton, fasciné.

« *Ya Allah !* Vous n'allez tout de même pas vous sacrifier pour cet animal ? »

« Mais c'est mon ami. Je ne peux pas le laisser mourir de faim. »

La vieille femme secoua la tête.

« J'apporterai un peu de nourriture pour lui. Ne lui donnez pas votre repas, vous avez besoin de prendre des forces. »

Comme il était facile de communiquer des idées autour d'un petit animal. Quelques signes ponctués de mots aux intonations appuyées, et la magie opérait.

« Et un petit bol d'eau, s'il vous plaît », ajouta Zara.

Visiblement ravie de leur capacité à communiquer, la vieille femme emplit son gobelet d'eau, ramassa le seau et disparut.

« Je reviens tout de suite. »

Elle reparut quelques minutes plus tard avec un petit bol fêlé et quelques morceaux de viande grasse et filandreuse. Zara regarda la vieille se baisser pour gratter gentiment la tête du chaton. En se redressant, elle caressa la joue de Zara.

« Ce petit chat est aussi adorable que vous. Jalal raconte que le prince Rafi est amoureux de vous. Vous êtes si jolie, ce n'est pas étonnant. »

Lorsque Rafi la rejoignit, elle était allongée sur le dos ; installé sur sa poitrine, le chaton jouait avec ses lèvres tandis qu'elle soufflait de l'air et laissait échapper de drôles de petits bruits, entrecoupés de rires joyeux devant les réactions cocasses de l'animal.

Le prince resta quelques instants de l'autre côté du mur, se délectant du spectacle qu'elle lui offrait. Sa magnifique chevelure de jais s'étalait autour de l'ovale parfait de son visage, ses longues jambes fuselées étaient légèrement repliées, son attention entièrement focalisée sur le chaton. Ainsi abandonnée, elle ressemblait à la favorite du roi qui, enfermée dans le harem, tuait le temps en jouant avec son animal préféré... une scène d'une autre époque.

A l'instant où il franchit la fissure, elle attrapa le chat et se redressa vivement, sur le qui-vive.

— Est-ce que tout va bien?

— Très bien, oui.

Il portait à la main une sorte de bâton qui semblait en marbre.

— Avez-vous vu votre Compagnon? demanda-t-elle comme il s'installait à côté d'elle.

— Arif est venu et il est reparti sain et sauf. Il m'a apporté le message de mes frères. Ils avaient beaucoup de choses à me dire, ajouta Rafi dans un sourire. La première étant que, grâce à votre ingéniosité, Zara, ils ont réussi à localiser l'entrée du tunnel.

Une exclamation de surprise s'échappa de ses lèvres et elle plaqua sa main sur sa bouche, enchantée.

— C'est vrai? Comment ont-ils procédé?

— Ils ont survolé la région de nuit avec des hélicoptères. Le faisceau lumineux d'un des appareils a balayé votre robe d'honneur. Ils ont repéré l'endroit et y sont retournés le lendemain matin. A quelques mètres de l'endroit où gisait votre robe se dresse un piton rocheux, comme il en existe tellement dans le désert, mais celui-ci dissimule l'entrée du tunnel. Jalal ignore que nous avons découvert son secret car, par un heureux hasard, un amas de rochers beaucoup plus imposant bloque son champ de vision lorsqu'il se trouve à l'intérieur de la forteresse.

— Oh, Rafi, c'est formidable! s'écria Zara, gagnée par une bouffée de soulagement indescriptible. Ont-ils réussi à le remonter complètement? Conduit-il bien à l'intérieur du campement?

— Son exploration doit se faire avec la plus grande prudence. Jalal a probablement posté des gardes dans le tunnel et il ne faut surtout pas qu'il se doute de quelque chose. Sinon, il serait capable de prendre des mesures radicales.

Il se tut un instant avant d'ajouter :

— Il pourrait même faire sauter le tunnel.

L'archéologue qui sommeillait en Zara frémit d'indignation.

— Oh, je vous en prie, ne le laissez jamais commettre un tel crime ! J'ai tellement envie d'explorer ce tunnel une fois que tout sera fini. C'est un monument historique, vous savez !

Son enthousiasme le fit sourire.

— Je sais... il ne nous reste plus qu'à croiser les doigts.

— Que comptent faire vos frères ?

— Dans trois jours, il y aura une fête ici, une fête traditionnelle commune à toutes les tribus du désert. J'ai entendu les femmes en parler aujourd'hui. Nous allons en profiter pour agir. Mais je dois d'abord repérer l'entrée du tunnel à l'intérieur du campement. Si tout se passe comme prévu, nous devrions pouvoir vous faire sortir avant de lancer l'attaque. Ce serait beaucoup plus prudent.

Zara sentit les battements de son cœur s'accélérer.

— Comment... comment allez-vous procéder ?

Il enroula un bras autour de son épaule.

— Ce soir, je vous raconterai une autre histoire tirée du Grand Livre de la Sagesse Royale. Vous serez alors en mesure de deviner nos intentions, mon amour. C'est une des raisons pour lesquelles on encourageait les jeunes princes à lire de tels ouvrages... afin que, dans les situations difficiles, ils se souviennent des actes héroïques de leurs ancêtres.

Il se tut et l'enveloppa d'un long regard avant de reprendre :

— Mais d'abord, nous devons essayer de récupérer la lime. Grâce à ça, ajouta-t-il.

Un sourire aux lèvres, il plongea une main dans sa poche

et en sortit un petit paquet blanc orné de lettres arabes roses, un paquet que Zara reconnut aussitôt. A l'intérieur se trouvaient trois ou quatre tablettes de chewing-gum.

— Je ne reprocherai plus jamais à mon Compagnon Arif sa manie de mâcher continuellement du chewing-gum. Ce paquet se trouvait dans l'une de ses poches.

Bien plus tard, Rafi revint d'un de ses repérages avec des fruits et quelques bouts de viande pour le chaton. Ce dernier s'empressa de les engloutir avant de s'endormir, épuisé par sa journée de jeux.

Rafi était fatigué, lui aussi. Il avait passé plusieurs heures à chercher l'entrée du tunnel, sans succès. Zara perçut aussitôt son découragement. Mais la nouvelle qu'elle s'apprêtait à lui annoncer lui redonnerait sans nul doute le moral. Elle le laissa s'installer auprès d'elle avant de brandir sa trouvaille.

Un large sourire éclaira le visage de Rafi.

— La lime ! s'écria-t-il en l'enlaçant. Zara ! Vous avez réussi !

— C'est M. Wrigley qu'il faut remercier, pas moi.

Il s'adossa de nouveau au mur et la fixa d'un air perplexe.

— Qui est donc ce M. Wrigley ?

— L'inventeur du chewing-gum ; enfin... je crois, ajouta-t-elle avec une grimace malicieuse.

Ils rirent de bon cœur.

— C'est formidable ! reprit Rafi en s'emparant du bâtonnet de marbre, dont l'extrémité était ornée d'un morceau de chewing-gum. Cela vous a pris longtemps ?

— Assez longtemps, oui. Si Gigotis n'avait pas été là pour me distraire entre deux tentatives, je crois que j'aurais craqué. C'est le nom que j'ai trouvé pour le chat, Gigotis, s'empressa-t-elle d'expliquer devant l'air intrigué de Rafi.

Un sourire heureux flotta sur les lèvres du prince. La

bonne humeur de Zara était contagieuse ; il se sentait déjà mieux. Ils se partagèrent les fruits, riant et bavardant, échangeant des regards lourds de désir.

Au bout d'un moment, Zara annonça :

— C'est l'heure de mon histoire.

Rafi souffla la bougie et ils s'allongèrent sur le matelas, tendrement enlacés.

— Est-ce encore une histoire du Roi Mahmoud ? s'enquit-elle.

— Oui, acquiesça Rafi avant d'entamer son récit de sa belle voix grave et mélodieuse.

Cette fois, il lui raconta un épisode guerrier. Par quelle ruse le roi Mahmoud, las des réclamations de son peuple qui le pressait de prendre des mesures contre un bandit semant la terreur dans une contrée reculée de son royaume, était venu à bout de ce dernier et de sa bande... grâce à des pommes empoisonnées.

Zara écouta le conte avec la plus grande attention, tantôt scandalisée, tantôt terrorisée. Lorsqu'il eut terminé, elle demeura silencieuse un long moment, assaillie par des émotions ambiguës. Incapable de contenir plus longtemps l'angoisse qui la tenaillait, elle s'éclaircit la gorge et demanda :

— Est-ce ce que vous avez l'intention de faire ? Empoisonner tous les occupants du campement ?

12.

Zara pensait à la vieille femme qui se montrait si gentille envers elle. Sa propre liberté valait-elle qu'on sacrifie toutes ces vies humaines ?

Bien sûr, il ne s'agissait pas seulement d'elle. Comme les bandits du conte, Jalal causait des problèmes depuis très longtemps au sein des Emirats du Barakat.

— Nous n'utiliserons pas de poison, évidemment. Ce campement est plein de femmes, d'enfants et d'hommes innocents. Mais nous pouvons nous inspirer de l'expérience de Mahmoud pour vaincre Jalal. Mes frères vont essayer de me faire parvenir un puissant somnifère et avec un peu de chance, nous aurons endormi une bonne partie des bandits avant de lancer l'attaque. Ils apporteront également des fruits bourrés de narcotique.

Zara ne put réprimer un immense soupir de soulagement. Il y eut un long silence. Puis Rafi déclara d'un ton empreint de gravité :

— J'espère sincèrement qu'un jour, vous me ferez davantage confiance. Me croyiez-vous réellement sur le point de tuer tous ces innocents, Zara ?

Zara s'agita, mal à l'aise.

— Je ne sais pas. Des choses terribles se passent tous les jours, n'est-ce pas ?

Le visage du prince s'assombrit.

— Ainsi, vous me pensez capable d'ordonner un tel

massacre... Suis-je donc un barbare à vos yeux ? Qu'ai-je donc bien pu faire pour vous donner cette impression ?

— Comment aurais-je pu savoir ? protesta Zara. Jalal n'est-il pas un bandit redoutable, l'ennemi public numéro un, un assassin et pire encore ? Son peuple n'est-il pas complice de ses actes, bon gré, mal gré ?

— Bien sûr que non, pourquoi dites-vous cela ? Son grand-père était le célèbre bandit Selim. A l'époque, il dominait cette région du désert aussi férocement que les bandits de Dair Gachin dont je vous ai conté l'histoire. Mais il n'avait pas de fils. Il est décédé peu de temps après la naissance de son petit-fils. Pendant vingt-cinq ans — c'est-à-dire presque toute ma vie —, aucun trouble n'a agité nos pays. C'est au moment où mes frères et moi avons pris possession de nos héritages respectifs que Jalal, le petit-fils de Selim, s'est manifesté. Il revendique soi-disant un royaume qui serait fait d'un petit morceau des trois émirats. A plusieurs reprises, il a demandé à nous rencontrer pour nous prouver le bien-fondé de ses exigences. Pour le moment, son activité principale demeure concentrée autour de ce campement ; il tente de rassembler des partisans à sa cause. Mon frère avait essayé d'assiéger cette forteresse il y a quelque temps, mais il a été obligé de se retirer, heureusement sans perte humaine.

Il marqua une pause avant de continuer :

— Cela fait déjà longtemps que Jalal projette de prendre un otage pour nous forcer à écouter ses revendications, mais il a laissé passer plusieurs opportunités. Apparemment, il voulait frapper fort en nous atteignant personnellement. Il y a peu de temps, il a essayé d'enlever les filles de mon frère Omar.

— Ses revendications sont-elles fondées ? intervint Zara.

— Bien sûr que non. Comment pourraient-elles l'être ?

— Quelles sont-elles ? Ne vous a-t-il jamais exposé les raisons de son combat ? insista Zara, intriguée.

— J'ignore ce qu'il veut. Nous avons toujours refusé de le rencontrer.

N'en croyant pas ses oreilles, Zara se dégagea de l'étreinte de Rafi et le considéra d'un air stupéfait.

— Etes-vous en train de me dire que vous êtes en guerre contre un homme que vous n'avez jamais rencontré... un homme dont vous ignorez les revendications ? C'est tout de même extraordinaire !

La bouche de Rafi prit un pli dur.

— Le peuple pourrait s'imaginer que ses exigences sont légitimes si nous acceptions de le recevoir, argua-t-il.

Zara le dévisagea d'un air incrédule.

— Rafi... Auriez-vous peur de ses revendications, par hasard ?

— Absolument pas, enfin ! Simplement, j'ai peur que les agissements de ce bandit aient des retombées négatives sur le plan diplomatique, ce qui serait catastrophique pour le développement économique et social de nos pays. Nous sommes encore très dépendants des grandes puissances de ce monde, Zara, et moi, je veux construire des routes et des logements pour mon peuple ! De nombreux villages n'ont toujours pas l'électricité ! Si nos jeunes peuvent étudier les arts et les sciences ici, ils sont en revanche obligés de partir pour l'étranger pour étudier la technologie. Me demandez-vous de mettre tout cela en péril pour écouter une espèce de pirate du désert sans plus de cervelle qu'un... qu'un... qu'un petit pois ?

La cocasserie de la comparaison, prononcée sur un ton furieux, les frappa tous deux au même moment. Echangeant un regard, ils éclatèrent de rire en chœur et se laissèrent tomber sur le matelas, enlacés.

Ils devaient à tout prix réprimer leurs éclats de rire, quelqu'un pourrait les entendre... Blottis l'un contre l'autre, secoués de convulsions, ils s'efforcèrent de se taire, laissant échapper de temps en temps un petit gloussement. Incapable de contenir son hilarité, Zara pressa ses lèvres contre l'épaule de Rafi et ce dernier sentit son souffle chaud traverser l'étoffe de sa chemise, balayant doucement sa peau.

— Zara ! chuchota-t-il sur le ton de la mise en garde.

Ses doigts se contractèrent autour de son bras comme pour l'écarter... ou la retenir.

Une bouffée de désir d'une violence inouïe envahit Zara. Tout à coup, plus rien n'avait d'importance — leur sécurité, leur secret, la vie ou la mort. Elle n'avait qu'une envie : profiter de l'instant présent, sans se soucier de l'avenir.

Comme mue par une volonté propre, ses mains prirent en coupe le visage mat de son compagnon. Se redressant sur un coude, elle lui sourit, tremblante de désir, impatiente de savourer ses lèvres fermes, passionnées.

— Rafi, murmura-t-elle en inclinant la tête vers lui.

Avec un petit soupir de bien-être, elle lui offrit sa bouche.

Il leva les mains et lui caressa doucement le visage avant d'entrouvrir les lèvres pour accepter son baiser. Le désir les engloutit un peu plus tous les deux.

— Ma douce... si vous saviez combien je vous aime...

La bouche de Rafi était aussi exquise que le fruit mûr qu'ils venaient de partager. A la fois douces et puissantes, ses mains l'étreignaient de manière possessive. Il lui caressa la joue, les cheveux, le dos tandis que sa langue cherchait la sienne avec gourmandise.

Des frissons irrépressibles secouaient Zara ; jamais encore elle n'avait éprouvé un tel désir.

— Rafi ! gémit-elle en s'écartant légèrement.

Ils se trouvaient dans un monde féerique éclairé d'une lumière dorée, protégé par l'écran sombre de ses cheveux. Elle était à sa place ici, dans ses bras.

De son côté, Rafi éprouvait exactement les mêmes sensations. Lorsqu'elle se retourna pour s'allonger sous lui, sa chaîne cliqueta bruyamment.

114

C'était un son grinçant, fortement désagréable, et Zara grimaça en sentant l'anneau de métal frotter sa peau meurtrie. Ce ne fut qu'un bref instant d'inconfort ; déjà, elle offrait à Rafi ses lèvres frémissantes, gonflées de plaisir, dans l'attente d'un nouveau baiser plein de fougue et d'ardeur.

Mais pour Rafi, le bruit des chaînes avait été un rappel à la réalité. Il ferma les yeux brièvement et les rouvrit pour découvrir le regard lourd de désir de sa compagne, ses lèvres pleines, terriblement tentatrices, à quelques centimètres des siennes. Au prix d'un effort surhumain, il inspira profondément, priant pour recouvrer le contrôle de ses émotions.

Lorsqu'il fut certain d'avoir gagné cette cruelle et injuste bataille, il se pencha pour planter un baiser léger, rien de plus, sur les jolies lèvres offertes de la jeune femme.

— Zara, c'est trop dangereux, expliqua-t-il dans un murmure. Je ne veux pas prendre de risque. Il nous faut attendre encore.

— Oh, gémit-elle doucement en essayant de l'attirer vers elle.

Mais Rafi intercepta sa main et la porta à ses lèvres.

— Vous êtes mon trésor. Pas comme ça, mon amour. Pas tant que vous serez enchaînée à un mur. Je veux que notre première nuit d'amour reste à jamais un merveilleux souvenir dans nos esprits.

Il avait raison, bien sûr. S'efforçant à son tour de maîtriser ses émotions, Zara hocha la tête et se redressa.

— D'accord, dit-elle d'une voix étranglée.

— Nous ne regretterons pas cette sage décision, vous verrez.

Son regard de braise contenait mille et une promesses.

— Notre patience sera récompensée, ajouta-t-il comme pour mieux s'en convaincre.

Ses sens s'apaisèrent enfin. La raison finit par prendre

le dessus sur les émotions. C'était comme le calme après la tempête, un calme synonyme de sérénité retrouvée, de plénitude. Alors seulement, Zara éprouva un immense sentiment de reconnaissance à l'égard de Rafi. Une fois de plus, il avait fait preuve d'une sagesse infinie.

De Jalal Ibn Aziz au sheikh Rafi : Je n'ai rien à craindre de l'Epée de Rostam ni de quoi que ce soit d'autre. L'Epée de la Justice se trouve de mon côté. Mes revendications sont claires, je vous les ai exposées. Je n'accepterai aucun compromis.

Tout autour de la forteresse et le long du fleuve, la présence militaire grossissait à vue d'œil. Jalal suivait de près le déroulement des opérations. Des tentes couleur de sable apparaissaient à intervalles réguliers, semblables à de drôles de dunes toutes identiques. Les troupes de soldats allaient et venaient, à l'instar des hélicoptères qui survolaient le campement.

Mais ils étaient pieds et poings liés, et tous le savaient. Aucun tir de mortier ne pouvait être tenté, aucune bombe lancée sans mettre en danger la structure fragile de l'ancienne forteresse et risquer du même coup la vie de l'otage.

Jalal avait eu raison d'attendre : ils ne tenteraient rien tant que la future reine de Rafi se trouvait dans l'enceinte de son repaire.

Attirés par l'agitation qui régnait dans les émirats, les médias occidentaux occupaient également une tente en plein désert. Habituées à la curiosité parfois malsaine des journalistes, Caroline et Jana, les fiancées du prince

Karim et du prince Omar, se chargèrent de les distraire en les abreuvant d'anecdotes anodines concernant la vie de palais. De cette manière, leurs futurs époux purent se concentrer tranquillement sur leur plan de bataille.

Ils profiteraient de la célébration de la fête traditionnelle pour agir. Lors de sa dernière visite avec Mustafa, Arif avait empêché ce dernier d'apporter tous les fruits qu'avaient commandés les femmes. Le villageois avait promis à ces dernières de leur livrer le reste le jour même de la fête.

Les hommes s'affairaient maintenant à instiller le narcotique au cœur de chaque fruit. Un sachet de somnifères avait également été préparé à l'intention de Rafi. S'ils réussissaient à le lui remettre lors de leur prochain voyage, il tenterait d'en placer dans le ragoût de fèves qui constituait le plat principal de ce jour de fête.

Cette partie du plan avait pu être programmée avec précision. L'exploration du tunnel restait plus compliquée. Il n'était pas impossible qu'il fasse trois kilomètres de long et ils ignoraient combien d'hommes montaient la garde à l'intérieur. Il eût été trop risqué de l'explorer avec une lampe torche ; d'un autre côté, il était impossible de s'y aventurer sans.

De toute façon, tant que Rafi ne leur aurait pas confirmé que le tunnel débouchait effectivement au sein de la forteresse, il était inutile d'y envoyer un bataillon de soldats. De quoi auraient-ils l'air s'ils émergeaient dans le désert, à l'extérieur des murs d'enceinte ?

Le tunnel pouvait représenter un atout considérable... tout comme il pouvait se révéler parfaitement inutile. Si les narcotiques produisaient l'effet désiré, ils pourraient poser plusieurs hélicoptères à l'intérieur du campement. Mais cette opération nécessiterait des renforts terrestres.

Rafi avait jusqu'à demain. S'il ne parvenait pas à localiser l'entrée du tunnel à temps pour communiquer l'information à Arif lorsque celui-ci viendrait avec le camion de provisions, un de leurs hommes remonterait le tunnel, armé d'une lampe à infrarouge et d'un fusil chargé de cartouches anesthésiantes, juste quelques heures avant que l'assaut soit donné. Avec un peu de chance, il serait de retour pour leur livrer la précieuse information.

Rafi avait observé les horaires des gardes à l'intérieur du campement. Ils passeraient à l'attaque dès qu'une nouvelle équipe prendrait la relève. Ainsi, si un des gardes devait être assommé dans le tunnel, personne ne s'étonnerait de son absence.

Il s'agissait maintenant de prendre son mal en patience.

13.

Le lendemain, en tout début d'après-midi, la vieille femme pénétra dans la cellule de Zara et la trouva rouge et tremblante, le visage et les cheveux couverts de sueur, le souffle court.

« Ah, ma pauvre enfant ! De quoi souffrez-vous ? »

A bout de souffle, la jeune femme porta une main à sa poitrine. « Mon cœur. »

La vieille tomba à genoux à côté d'elle et pressa son oreille contre sa poitrine. Son cœur battait à coups précipités. Elle était brûlante et de grosses gouttes de sueur ruisselaient sur tout son corps. On eût dit qu'elle n'arrivait pas à respirer, qu'elle étouffait.

La vieille dame passa une main apaisante sur son front.

« Tenez, buvez l'eau que je vous apporte. »

Zara s'exécuta. Après avoir pris quelques gorgées, elle fit semblant d'enfoncer une aiguille dans son bras. « Médicaments. Il me faut des médicaments. Jalal. Allez prévenir Jalal. »

« Reposez-vous, mon enfant, vous vous sentirez mieux après. Et je vous apporterai... »

« Des médicaments ! Je dois prendre mes médicaments ou je mourrai ! Dites-le à Jalal. Allez le chercher. Anglais. Anglais. »

La vieille femme se releva en poussant de petites plaintes désolées. Elle déposa le gobelet d'eau et la petite assiette garnie de jolies pâtisseries et de morceaux d'agneau qu'elle avait soigneusement composée. Puis, annonçant d'un ton rassurant qu'elle allait avertir Jalal, elle quitta la cellule d'un pas hâtif.

Quelques instants plus tard, elle franchissait l'entrée des appartements de Jalal.

— Où est-il? Où est Jalal? demanda-t-elle aux hommes qui tuaient le temps en jouant au backgammon.

Ils se redressèrent, pris au dépourvu. Au même instant, Jalal en personne pénétra dans la pièce.

— Que se passe-t-il?

— Elle est en train de mourir, ta prisonnière! Son cœur bat comme celui d'une gazelle blessée. Elle te réclame. Elle dit qu'elle mourra si on ne lui apporte pas ses médicaments. Tu dois la relâcher sur-le-champ!

— Calme-toi. Une femme jeune comme elle ne succombe pas comme ça à une crise cardiaque!

— Va la voir! Je t'en prie, rends-toi auprès d'elle et écoute ce qu'elle a à te dire! Si elle meurt, tu es perdu! Nous sommes tous perdus!

Jalal et la vieille femme se mesurèrent du regard. Au bout d'un moment, il hocha la tête.

— Très bien, tu as raison. Je vais aller la voir pour me rendre compte de son état par moi-même.

Il quitta ses appartements et traversa le campement baigné d'une chaleur torride. Des marquises étaient dressées çà et là par des groupes de jeunes gens joyeux, tout autour de la cour centrale. Dès qu'ils l'aperçurent, ils le saluèrent avec entrain et Jalal répondit par un petit signe de la main avant de s'engouffrer dans le passage qui menait à la cellule de l'otage.

— Merci d'être venu, murmura-t-elle d'une voix à peine audible.

Son visage était baigné de sueur, sa respiration saccadée. Etouffant un juron, Jalal s'agenouilla auprès d'elle.

— Qu'y a-t-il? demanda-t-il en saisissant son poignet pour tâter son pouls.

120

Il battait vite. Beaucoup trop vite. Il laissa échapper un soupir. Le destin se liguerait-il donc toujours contre lui ?

— C'est mon cœur. Je... je souffre d'une malformation cardiaque congénitale. Savez-vous de quoi il s'agit ?

Il fronça les sourcils.

— Evidemment. C'est une...

Jalal s'interrompit. Il cligna plusieurs fois des yeux avant de se pencher lentement vers elle.

— Je... vous..., balbutia-t-elle.

Sa tête tomba doucement sur la poitrine de Zara. La jeune femme retint son souffle tandis qu'il devenait de plus en plus lourd contre elle. Ses doigts relâchèrent son poignet, son bras se raidit. Ses jambes se déplièrent alors qu'il s'allongeait complètement, pesant sur elle de tout son poids.

— Jalal ! murmura-t-elle d'un ton pressant. Jalal !

Le bandit ne répondit pas. Elle le secoua de nouveau puis dégagea sa main pour lui soulever une paupière. Elle ne vit que le blanc de son œil.

— Il est inconscient, annonça-t-elle d'une voix plus forte en levant les yeux sur Rafi qui pénétrait dans la cellule.

Il tenait à la main un petit revolver qu'il glissa dans la ceinture de son pantalon. Un pantalon noir, comme celui de Jalal. Puis il se baissa et souleva le corps du bandit, qui s'étala lourdement sur le sol, tel un pantin désarticulé.

— Comment vous sentez-vous ? demanda-t-il d'un ton inquiet à l'intention de Zara.

Elle avait presque retrouvé sa respiration normale.

— Tout à fait bien. Ne vous faites pas de souci pour moi. Ce n'est pas une petite demi-heure d'aérobic qui viendra à bout de mes forces !

Pour la fête, Jalal portait ce jour-là un keffieh à petits motifs verts et blancs. Avec l'aide de Zara, Rafi déroula la longue écharpe qui lui ceignait la tête. En découvrant le visage inconscient de son ennemi, il se raidit.

— Mon Dieu ! s'exclama-t-il. La ressemblance est frappante, vous aviez raison.

— Ça fait froid dans le dos, n'est-ce pas ? renchérit Zara.

L'instant d'après, il avait enroulé le keffieh du bandit autour de son visage.

— Oh, c'est à s'y méprendre ! s'écria-t-elle.

— Tant mieux.

Il s'empara du pistolet et le lui tendit.

— Gardez-le. S'il fait mine de se réveiller, n'hésitez pas à tirer. Visez la poitrine, c'est la cible la plus facile. Il vous reste onze boulettes mais *inch' Allah,* vous n'en aurez pas besoin.

— Combien de temps… ? commença-t-elle en soupesant l'arme avec un calme étonnant.

— Je ne peux pas vous répondre avec certitude. L'effet de ces cartouches anesthésiantes varie en fonction des individus. Disons deux ou trois heures. Peut-être moins. Restez sur vos gardes.

Luttant contre l'angoisse qui lui nouait le ventre, Zara hocha bravement la tête. Elle savait que Rafi devait continuer à explorer le campement et qu'il pourrait évoluer plus librement en se faisant passer pour Jalal.

— Vous êtes presque libre, reprit le prince. Continuez à limer quelques minutes et l'anneau cédera. Profitez de mon absence pour vous atteler à cette besogne. Si la vieille revient, vous serez obligée de l'endormir, elle aussi. Etes-vous sûre de comprendre ce que vous devrez faire si je ne reviens pas ? demanda-t-il enfin en dardant sur elle un regard interrogateur.

Ils avaient discuté jusque tard dans la nuit, mettant au point plusieurs stratégies en fonction des aléas éventuels, dessinant des cartes détaillées du campement, échangeant leurs opinions jusqu'à tomber d'accord sur chacun des plans.

— Oui, répondit-elle d'un ton assuré.

Rafi la contempla longuement sans mot dire. L'admiration se lisait dans son regard noir. Avec une lenteur délibérée, il se pencha vers elle et effleura ses lèvres d'une brève caresse.

— Votre courage vous honore, murmura-t-il simplement.

Quelques instants plus tard, il s'éclipsa, la laissant en compagnie de son presque jumeau encore inconscient. Posant le revolver à ses pieds, Zara s'empara de la lime et se mit au travail.

— *Salaam aleikum !*

« Que la paix soit avec vous. »

— *Waleikum salaam,* répondit Rafi.

« Qu'elle soit aussi avec vous. »

Il leva la main, reproduisant un geste qu'il avait souvent vu faire à Jalal, et il s'aperçut tout à coup que lui-même se plaisait à esquisser le même salut.

Il traversa la cour en direction des appartements de Jalal. C'était le seul endroit, à l'intérieur de la forteresse, qui fût surveillé en permanence par deux hommes. Personne ne pénétrait les quartiers privés de Jalal sans y avoir été invité.

D'un autre côté, il avait souvent vu le bandit déambuler seul dans l'enceinte du campement, parmi son peuple, et en avait donc conclu que ses appartements n'étaient pas étroitement surveillés par crainte d'une tentative d'assassinat.

Au vu de tous ces éléments, Rafi en avait déduit que Jalal avait installé ses appartements devant l'entrée du tunnel.

Il n'avait pas l'intention de tester sa ressemblance sur les proches compagnons de Jalal, qui sortaient et entraient librement de son antre. Non. Il avait remarqué un autre endroit, un peu plus loin, où régnait une animation continuelle et que des gardes surveillaient également avec le plus grand soin. Levant la main d'un geste désinvolte, il pénétra sous les arcades en ruines et se dirigea vers la lourde porte de bois.

A l'intérieur, il découvrit une vaste pièce supportée par de nombreux piliers. A la lueur d'une lanterne, deux hommes fumaient en jouant au backgammon. Ils levèrent les yeux à son approche. Rafi pressa le pas en direction de la lumière. Croyant reconnaître leur chef, les hommes se levèrent prestement, sur le qui-vive.

— Devons-nous seller Gavroche, seigneur ? Personne ne nous l'a demandé.

Des écuries ! Le cœur de Rafi se contracta. Ceci expliquait les allées et venues constantes... Quel mauvais calcul de sa part ! A moins que...

— Qui monte la garde dans le tunnel ? demanda-t-il d'une voix rauque avant de toussoter, feignant de s'éclaircir la voix.

Les deux hommes pivotèrent sur leurs talons et jetèrent un coup d'œil en direction de l'autre extrémité de la pièce, plongée dans la pénombre. Rafi ferma brièvement les yeux, submergé par une vague de soulagement. Il avait vu juste, finalement. Quelle finesse de la part de Jalal, de dissimuler l'entrée du tunnel en y installant ses écuries !

— Jehan, Ahmad et Zahir, seigneur.

Rafi acquiesça d'un signe de tête. Comme ses yeux s'habituaient progressivement à l'obscurité, il se dirigea vers le fond de la pièce.

— A quelle heure doit-on prendre leur relève ?

Il se rendit compte qu'il venait d'entrer à l'intérieur du tunnel. Le sol descendait en pente douce. Comme il y régnait une obscurité totale, il fit volte-face, arquant un sourcil interrogateur.

Visiblement surpris par sa question, les gardes se ressaisirent rapidement.

— A 4 heures, seigneur, comme d'habitude.

Hochant la tête, Rafi ressortit. A l'ombre des arcades, il s'arrêta un instant pour prendre des notes à l'intention de ses frères. Puis il flâna d'un pas nonchalant au milieu des préparatifs. Il hochait la tête, lançant de temps en temps quelques paroles d'encouragement, exactement comme il l'aurait fait avec son propre peuple.

Il s'immobilisa près de la grosse marmite dans laquelle

mijotait le traditionnel ragoût de fèves. Quelques femmes s'affairaient autour en bavardant avec animation. Il respira les effluves appétissants et demanda à ce qu'on lui fasse goûter. Une des femmes plongea une grosse cuillère de bois dans la marmite et la lui présenta. Il se pencha, goûta au plat et déclara que c'était délicieux. Elles le regardèrent, sourire aux lèvres, en secouant la tête. Ce n'était pas encore tout à fait prêt !

— Assurez-vous bien de servir une assiette à tous les hommes qui sont de garde aujourd'hui, déclara-t-il. Qu'ils n'aient pas l'impression de rater tous les plaisirs de la fête !

Les femmes hochèrent vigoureusement la tête.

— Ils seront les premiers servis, promit l'une d'elles.

— Parfait, déclara-t-il avant de poursuivre son chemin.

Un moment plus tard, des exclamations fusèrent près des lourdes portes, qu'on ouvrit laborieusement pour laisser entrer le vieux camion chargé de cagettes de fruits. A côté de Mustafa, le chauffeur, Rafi reconnut aussitôt le regard perçant de son frère Karim, le visage enveloppé d'un épais keffieh.

Que diable fabriquait-il ici ? Si Jalal les neutralisait tous les deux, Omar n'aurait pas d'autre choix que de négocier avec le bandit. D'un autre côté, Rafi comprenait son impulsion. Levant les mains, il salua les nouveaux arrivants.

Une lueur de surprise traversa fugitivement le regard de Karim mais, prenant exemple sur Mustafa, il s'inclina respectueusement devant Jalal le Bandit.

Avec la même désinvolture, Rafi s'approcha du camion et examina les fruits que les deux hommes avaient commencé à décharger. Prenant une pomme dans sa main, il laissa à sa place une feuille de papier qui disparut promptement dans la main de Karim.

— Ce sont vos plus beaux fruits ? demanda-t-il.

— Les meilleurs que nous avons reçus, lui assura Mustafa en hochant la tête comme une marionnette.

Le pauvre marchand redoutait que Jalal remarque la présence de l'étranger. Si tel était le cas, le bandit l'exécuterait probablement sur-le-champ tandis que son frère serait assassiné par ceux qui le retenaient en otage.

Karim renchérit avec entrain :

— Ces fruits sont délicieux, seigneur ! Ils raviront le palais de tous vos sujets ! Quant à ces grappes de raisin, elles sont tout simplement exquises ! ajouta-t-il en lui présentant un panier.

Le chef daigna détacher un grain de raisin et le porta à sa bouche.

— Excellent ! Un pur régal ! s'exclama-t-il d'un ton enjoué.

De l'autre côté de la cour, la vieille femme l'observait d'un air stupéfait.

— Et ton invitée, mon fils ? Comment va-t-elle ? Tu l'as laissée seule ? appela-t-elle.

Mon fils. Rafi avala sa salive. Etait-ce possible ? Les femmes utilisaient souvent cette expression pour appeler les jeunes gens, même s'ils n'étaient pas de leur famille... mais le ton qu'elle avait pris n'était pas celui d'une vieille femme qui s'adressait à son chef. Il pouvait duper les autres occupants du campement mais si cette femme était réellement la mère du bandit... elle découvrirait vite la supercherie.

Au fond du panier de raisin se trouvait le sachet de narcotique qu'il devait verser dans le plat commun. La vieille femme avait les yeux rivés sur lui, attendant une réponse. Il coula un regard en direction de Karim et vit le danger se refléter dans les yeux de son frère.

126

14.

Les deux frères échangèrent un regard, tout à fait conscients qu'ils pouvaient être abattus d'une minute à l'autre.

Karim brandit le panier de raisin.

— N'ayez crainte, *Umm Jalal !* s'écria-t-il.

Mère de Jalal, c'était le titre honorifique qu'utilisaient les tribus du désert pour désigner les mères de famille... Karim avait décidé de jouer leur va-tout.

— Notre chef vient juste de me demander de choisir les meilleurs fruits pour son invitée souffrante et il se trouve que j'apporte là un magnifique panier de grappes de raisin ! Votre fils prend soin de tous ceux qui tombent sous son aile, n'est-ce pas ?

D'un geste ample, il tendit le panier à Jalal qui s'en empara. Sur un simplement hochement de tête, il tourna les talons et se dirigea vers le passage qui conduisait à la cellule de Zara. La voix de Karim retentit dans son dos.

— Approchez, *Umm Jalal !* Venez donc admirer les fruits exquis que nous vous avons apportés pour la fête d'aujourd'hui ! Ces pommes ne sont-elles pas magnifiques ? Elles viennent directement des vergers ! Comment se passent les préparatifs de la fête ?

Rafi pressa le pas. Dans la cellule, Zara était assise, le chat sur les genoux, revolver en main. Toujours inanimé, Jalal gisait de tout son long sur le sol. Elle sursauta lorsqu'il fit son apparition.

— Dieu merci, c'est vous ! Est-ce que tout s'est...

Il la réduisit au silence en posant un doigt sur ses lèvres.

— Nous n'avons pas un instant à perdre, il faut que nous le cachions, vite.

Zara se ressaisit instantanément.

— Je vais vous aider à le porter. Je suis libre à présent, regardez !

Rafi posa le panier et baissa les yeux sur l'anneau dont elle était enfin venue à bout.

— Formidable. Prenez-le par les pieds.

Quelques minutes plus tard, ils installaient Jalal dans la pièce voisine. Puis ils s'empressèrent de regagner sa cellule ; Rafi souleva les grappes de raisin, s'empara du sachet en plastique qui tapissait le fond du panier et replaça les fruits.

— La vieille femme va probablement venir vous voir. Si tel est le cas, essayez de la retenir le plus longtemps possible, dit-il en enfouissant le sachet de poudre blanche dans sa chemise. Jalal vous a apporté ces grappes de raisin pour vous redonner des forces mais il est reparti aussitôt. Avez-vous quelque chose pour fixer votre chaîne afin qu'elle ne remarque rien ?

Sans mot dire, Zara lui montra la bandelette de tissu qu'elle avait découpée dans sa robe avant de la rouler soigneusement dans la poussière.

— J'essaierai de vous avertir lorsque je serai de retour dans la pièce voisine. Essayez de la retenir jusqu'à ce moment-là. Ce sera sans doute difficile car elle est très prise par les préparatifs de la fête. Gardez le revolver à portée de main mais ne tirez pas sur elle, sauf en cas de force majeure, par exemple si Jalal venait à se réveiller. C'est sa mère. Compris ?

— Bonne chance, murmura Zara en se forçant à sourire.

Derrière son masque désinvolte, elle était morte de peur. Ainsi, la vieille femme n'était autre que la mère de Jalal ? Si jamais elle voyait Rafi de près... Non, il fallait coûte que coûte éviter ça !

Rafi se fraya un chemin dans les galeries désertes de la forteresse, jusqu'à l'endroit où la marmite continuait à mijoter tranquillement. Il portait à présent son keffieh blanc, préférant jouer la carte de la discrétion.

Il vit avec soulagement que le camion de marchandises était reparti. Il n'avait pas pu parler à Karim mais toutes les indications se trouvaient sur la feuille qu'il lui avait remise. Le plan, le nombre d'hommes qui montaient la garde dans le tunnel, l'heure de la relève. Et, en conclusion, une courte phrase : « Que le premier homme apporte l'Epée de Rostam. »

Immobile, il fit glisser le sachet de narcotique dans sa manche roulée, côté ouvert bloqué à hauteur du coude. Le moment venu, il n'aurait qu'à libérer le sachet et baisser le bras pour déverser le somnifère.

Postées autour de la marmite, les femmes bavardaient toujours avec le même entrain. Le ragoût finissait de mitonner tranquillement. Debout dans l'ombre, il attendit, luttant contre l'impatience qui le tenaillait.

Les gens commençaient à regagner leurs cases pour aller se préparer. Tout à coup, une des femmes s'aperçut que le temps passait et s'écria :

— Il faut que nous allions nous changer !

Une minute plus tard, elles avaient toutes disparu.

Il n'y avait plus personne autour du plat. Rafi n'attendit pas un instant de plus. Emergeant de l'ombre, il se glissa sous la marquise qui protégeait du soleil la cuisine de fortune. Ses rayons étaient à présent moins ardents ; il commençait à descendre dans le ciel. Cette partie de la cour était déjà envahie par les ombres.

Il se pencha au-dessus de la marmite, comme pour surveiller la cuisson du plat de fête, remua la grosse cuillère de bois d'un air absent. L'instant d'après, il n'était déjà plus là.

Le soleil était bas dans le ciel, à en juger par l'ombre grandissante qui inondait la cellule. Avec les derniers lambeaux de sa robe, Zara terminait de confectionner le petit baluchon en tissu qui lui servirait à emporter Gigotis le moment venu. La vieille femme était passée prendre de ses nouvelles peu de temps après le départ de Rafi. Zara l'avait invitée à partager avec elle une grappe de raisin, expliquant qu'elle se sentait triste, qu'elle avait besoin d'un peu de compagnie.

Une fois seule, la jeune femme avait administré une nouvelle dose de somnifère à Jalal. Le temps s'était écoulé depuis. Elle savait que l'assaut serait donné à la tombée de la nuit. Mais Rafi voulait essayer de la sortir de la forteresse avant de donner le signal. Et pour cela, il devait lui trouver d'autres vêtements, une tenue qui lui permettrait de passer inaperçue. Etait-ce cela qui lui posait un problème ?

Au prix d'un effort, Zara refoula la bouffée d'angoisse qui menaçait de la submerger. Sans doute n'allait-il plus tarder maintenant...

Elle entendit un bruit derrière elle et fit volte-face pour l'accueillir. Au lieu de découvrir Rafi, elle se retrouva face à un revolver pointé directement sur elle.

— Levez-vous, ordonna Jalal d'un ton péremptoire. Sans bruit. Je n'hésiterai pas à vous tuer.

Ils tombaient comme des mouches, constata Rafi avec soulagement. Installés sous les toiles des marquises, ils posaient l'un après l'autre leur bol de fèves, bâillaient et s'allongeaient pour faire un petit somme.

Rafi observait la scène du toit de la forteresse. Lorsqu'il estima que le somnifère avait agi un peu partout dans le campement, il se tourna et donna le signal. Avec des gestes rapides mais répétés, jusqu'à ce qu'il reçoive la réponse codée. Cette dernière ne tarda pas à venir.

A présent, il devait regagner la cellule de Zara, de l'autre côté de la cour. Il prit le chemin le plus court, traversant le toit en direction d'un escalier à demi éboulé.

Il les vit émerger des ruines juste en dessous de lui, Zara, les mains liées dans le dos, Jalal qui la forçait à courir, la rattrapant de justesse comme elle trébuchait, d'un geste cruel, par le lien qui lui enserrait les poignets. Ils zigzaguaient entre les arcades en direction du tunnel.

Debout sur le toit, Rafi dégaina son arme et tira en l'air.

— Jalal! hurla-t-il.

Le bandit tourna la tête et aperçut son ennemi, perché au-dessus de lui. Il attira Zara devant lui et l'obligea à marcher à reculons. D'un geste plein de provocation, il salua Rafi en effleura son front du canon de son arme.

— Une autre fois! cria-t-il. J'ai une affaire urgente à régler.

Etouffant un juron, Rafi rangea son arme et se précipita vers l'escalier accidenté. Lorsqu'il atteignit enfin le sol, ils avaient disparu. Il traversa la cour centrale en direction du tunnel. Tout autour de lui, des hommes et des femmes dormaient profondément. Certains tentèrent de se lever mais ils titubèrent avant de retomber.

Ses frères avaient sans aucun doute déjà envoyé des troupes dans le tunnel. Jalal ne pourrait pas s'échapper.

Pourtant, il continua à courir.

Il entendit le martèlement familier des sabots et l'instant d'après, un superbe étalon noir fondit sur lui et le renversa. Son arme lui échappa des mains. Jalal chevauchait sa monture et Zara était pliée en deux devant lui, le visage contre le flanc du cheval. La même scène était en train de se rejouer, à quelques jours d'intervalle. Mais cette fois, le bandit ne lui échapperait pas.

Récupérant son arme, Rafi le poursuivit en courant; hélas, Jalal connaissait les moindres recoins de sa forteresse. Lorsque Rafi le repéra, il venait d'ouvrir une petite entrée incrustée dans la lourde porte principale et se penchait très

131

bas sur son cheval pour pouvoir la franchir. Laissant échapper un chapelet de jurons, Rafi visa le cheval.

Son pistolet s'enraya, endommagé par sa chute. Quelques secondes plus tard, l'étalon galopait dans le désert irisé d'une lumière rose orangé.

Rafi regagna en courant l'écurie et l'entrée du tunnel. Il devait y avoir d'autres chevaux... Alors qu'il formulait cette pensée, il entendit le galop de plusieurs chevaux.

Ses Compagnons, en rangs de deux et trois, juchés sur leurs montures, émergèrent du tunnel obscur. C'était Arif qui les guidait, tenant à côté de lui les rênes de Raksh, le cheval noir de Rafi.

Ce dernier leur expliqua brièvement la situation. A peine eut-il terminé que les Compagnons crièrent en chœur :

— Nous irons avec vous, Seigneur, et nous la délivrerons !

Rafi se hissa sur sa monture. Accrochée à sa selle pendait l'Epée de Rostam, protégée par son étui de combat. Rafi l'attacha à sa ceinture et lança son cheval au galop.

Les Compagnons le suivirent tout autour de la cour, franchirent à sa suite la petite porte et débouchèrent dans l'immensité du désert. Devant eux, chevauchant fièrement son bel étalon, Rafi sortit le glaive de son étui.

— *Ya Rostam !* s'écria-t-il.

C'était le cri de guerre lancé par ses ancêtres lorsqu'ils brandissaient l'Epée de Rostam à la face de leur ennemi.

— *Ya Rostam !* crièrent-ils à leur tour.

Là, comme un seul homme, les Compagnons de Sayed Hajji Rafi Jehangir ibn Daud ibn Hassan al Quraishi offrirent leurs visages au ciel et lancèrent le long cri aigu et mélodieux de leurs ancêtres guerriers.

Ils galopaient à une vitesse prodigieuse derrière leur prince, jetant au vent leur cri de guerre à la fois beau et terrifiant.

15.

Les chevaux galopèrent longuement, crinières au vent, talonnés par leurs cavaliers émérites.

Courbée en deux sur l'échine de l'étalon, plaquée contre son flanc, Zara suffoquait. Où diable Jalal l'emmenait-il, à présent? Le martèlement des sabots emplissait ses oreilles, elle était au bord de la nausée.

Le cheval stoppa net et avec des gestes brusques, Jalal la fit descendre et la poussa devant lui sans ménagement. Ils commencèrent à gravir une falaise escarpée qui surgissait au milieu du désert de manière incongrue. Zara comprit rapidement le choix du bandit. Ils atteignirent un vaste plateau qui tombait à pic sur trois côtés et s'engouffrèrent dans un étroit passage coincé entre deux parois rocheuses. Un précipice, pas très large mais profond, entrava leur progression. Avant que Zara ait eu le temps de réagir, Jalal la força à sauter. Un long cri de terreur s'échappa de ses lèvres. Sans qu'elle sût comment c'était arrivé, ils se retrouvèrent tous deux de l'autre côté, sains et saufs. Ils étaient à présent dans une sorte de petite niche parfaitement protégée. Jalal prit place au fond et attira Zara devant lui, face au seul passage qui menait jusqu'à eux. A ses pieds, quelques mètres plus loin, le précipice ouvrait sa gueule béante. Une simple poussée la propulserait dans le vide.

Fourbue, terrorisée, elle tenta de reprendre son souffle.

Si Rafi arrivait par là, il serait une cible immanquable. Et Zara savait qu'il s'était lancé à leur poursuite...

— Rafi ! hurla-t-elle. N'approchez pas !

Son visage se crispa, presque dans l'attente d'une détonation tout contre sa tempe. Mais Jalal se contenta de maugréer :

— Taisez-vous ! Il est obligé de venir et il le sait.

— Ne le tuez pas, implora-t-elle. Ne le tuez pas, je vous en prie.

Jalal baissa les yeux et leurs regards se rencontrèrent.

— Le prince Rafi a trouvé la femme idéale, murmura-t-il.

— Je suis sa femme, c'est vrai, reprit Zara. Je vais l'épouser. Libérez-moi, je le convaincrai d'écouter vos revendications et de vous parler. Il acceptera de vous recevoir si c'est moi qui le lui demande.

Jalal émit un rire amer.

— Je n'en doute pas un instant, commença-t-il. Cependant, je préfère utiliser mes propres armes. J'ai sollicité l'attention des princes à plusieurs reprises par le passé mais je n'ai jamais été entendu. Leur petit jeu a assez duré. A présent, c'est moi qui commande.

— Laissez-moi partir, je vous en supplie. Le sang coulera si vous refusez de me libérer. Des vies humaines seront gâchées. Ce n'est pas ce que Rafi voulait, croyez-moi. Mais si vous persistez... je vous en prie, c'est un jeu dangereux...

— Mon peuple gît à l'intérieur de la forteresse et vous osez prétendre qu'il ne voulait pas que le sang coule ? lança Jalal avec un rire dur. La détermination de vos princes a été de courte durée !

— Mais ils ne sont pas morts, ils sont simplement endormis ! s'écria Zara. Il y avait un puissant somnifère dans le plat commun !

Jalal scruta son visage, sourcils froncés.

— Pourquoi croyez-vous que vous êtes en vie ? Il

aurait pu vous tuer sans que vous vous rendiez compte de rien, alors qu'il s'est contenté de vous endormir avec une cartouche de tranquillisant !

— Mon peuple ne serait pas mort ?

— Je vous le jure... sur ma propre vie.

Un silence chargé de tension accueillit ses paroles. Tout à coup, un bruit de pas résonna contre les parois rocheuses.

— Rafi, non ! hurla-t-elle. Ne venez pas !

Avec un grognement sarcastique, Jalal s'écria :

— Ta femme te prendrait-elle donc pour un lâche, Rafi, prince du Barakat ?

Zara tressaillit lorsque Rafi s'encadra entre les deux cloisons rocheuses.

— Me voilà, Jalal, petit-fils de Selim le Bandit, lança-t-il avec arrogance. Que veux-tu maintenant ?

La lumière déclinait rapidement ; des ombres rougeoyantes tapissaient les rochers. Zara sentit le métal froid du revolver contre son front. Les doigts de Jalal s'enfonçaient dans ses épaules.

— Jette ton arme, ordonna Jalal.

D'un geste désinvolte, Rafi dégaina son pistolet et le jeta dans le ravin.

— Et maintenant, Jalal ? *Bien-aimée, m'entends-tu ?* enchaîna-t-il en français dans un murmure à peine audible.

Zara retint son souffle. De toute évidence, il tentait de lui communiquer un message.

— Libère-la et nous parlerons, reprit Rafi.

— Je ne la libérerai pas, je ne la tuerai pas non plus, répondit Jalal. Je veux un hélicoptère, tout de suite, piloté par un seul homme qui posera l'appareil sur le plateau juste au-dessus de ma tête.

Rafi laissa échapper un rire ironique.

— Un hélicoptère ? Pour aller où, dis-moi ? Toutes les issues sont bloquées, Jalal. *Surveille bien son arme.*

De nouveau, une petite phrase glissée en français. Zara les dévisagea à tour de rôle. Dans l'obscurité grandissante, leur ressemblance était encore plus saisissante.

— Pour toi non plus, prince du Barakat, il n'y a plus d'issue possible ! Nous finirons bien par discuter tous ensemble, tes frères, toi et moi !

— Nous accepterons de te rencontrer à la condition expresse que tu la relâches, tout de suite ! Emmène-la avec toi et tu auras tout perdu, décréta Rafi d'un ton ferme. *Quand sa main tremblera, je sauterai.* Si elle me rejoint sur-le-champ, nous nous rendrons tous ensemble au palais et nous discuterons. Préparez-vous. Sinon, tu passeras le restant de tes jours en prison.

— Si tu t'adresses à elle en français une fois de plus, je la pousse dans le précipice, déclara froidement Jalal.

Rafi haussa un sourcil surpris.

— On nous avait bien dit que tu étais un homme cultivé. As-tu étudié à l'étranger ?

— Tu connais déjà la réponse à ta question.

— Vraiment ? fit Rafi, sincèrement étonné.

— La nuit est en train de tomber. Je suppose que tes fidèles Compagnons sont derrière toi. Demande-leur de m'envoyer un hélicoptère avant le coucher du soleil. Si tu refuses, tu n'auras plus qu'à contempler la mort de ta bien-aimée, acheva-t-il avec une détermination qui glaça le sang de Zara.

Rafi haussa la voix.

— Arif !

— Votre Altesse ? fit une voix lointaine.

— Demande à mes frères d'envoyer un hélicoptère. Avec un seul pilote à bord. Il devra atterrir sur la roche plate qui nous surplombe.

Un silence, puis un murmure. Et enfin :

— C'est fait, Votre Altesse.

Au loin, on entendit le moteur d'un hélicoptère changer de direction. Profitant de la diversion, Rafi détacha discrètement un morceau de pierre qu'il enfouit dans sa main.

— Alors, bandit. Ton hélicoptère arrive. Que veux-tu, maintenant ?

— Tu le sais déjà, prince. Elle vient avec moi. Si tu désires la revoir, tu connais le chemin.

L'hélicoptère devait être plus proche que ce qu'ils pensaient, volant à ras du sol, son vrombissement atténué par les parois rocheuses. Soudain, comme dans un coup de tonnerre, il s'éleva et se matérialisa presque au-dessus de leurs têtes. Jalal leva les yeux, un instant, tout au plus, mais pour la première fois, le canon du revolver s'écarta de la tempe de Zara. Vive comme l'éclair, cette dernière ouvrit la bouche et mordit de toutes ses forces le poignet du bandit.

Il laissa échapper une exclamation de surprise et la considéra, stupéfait. L'instant d'après, Rafi les rejoignit et frappa la main du bandit avec la pierre qu'il avait détachée quelques instants plus tôt. L'arme décrivit un arc de cercle et tomba dans le ravin. L'étreinte de Jalal se relâcha, et Zara tomba à genoux avant qu'il puisse la rattraper. Hors d'haleine, elle s'écarta des deux hommes en rampant. Elle vit les derniers rayons du soleil luire sur la lame de l'Epée de Rostam comme Rafi la sortait de son étui. A la fois majestueuse et menaçante.

— Je t'avais prévenu qu'il s'agirait d'un combat à mort, Jalal, petit-fils de Selim, clama Rafi en plaçant la lame sur la gorge de son ennemi, plaqué contre la roche.

— Ne le tuez pas, Rafi ! murmura-t-elle, pétrifiée.

La tête haute, Jalal soutint son regard. Un sourire joua sur ses lèvres.

— Qu'il en soit ainsi, Rafi, fils de Daud. Mais prends garde à la malédiction de ton père si tu assassines le fils de ton frère.

16.

Zara s'étira langoureusement et étouffa un bâillement. La porte s'ouvrit et une femme en pantalon et polo blancs pénétra dans la pièce. Elle se dirigea vers la table de soins, s'immobilisa et se pencha vers Zara.

— Oh, parfait, vous êtes réveillée. Avez-vous apprécié votre massage ?

— C'était merveilleux, murmura Zara d'une voix ensommeillée.

— Prête pour votre soin du visage ?

— Mmm.

Maria, une esthéticienne anglaise, approcha une table roulante chargée de produits cosmétiques et s'installa à la tête de Zara.

— Je fais comme hier, ou préférez-vous essayer quelque chose de nouveau ?

Un sourire étira les lèvres de Zara.

— Quelque chose de nouveau.

— Que diriez-vous d'un masque au concombre ?

— Ce serait divin.

— J'ai croisé le cheikh Rafi il y a quelques minutes. Il vient juste d'arriver. Il m'a demandé de vos nouvelles et je lui ai répondu qu'à part quelques contusions, vous vous sentiez en pleine forme. Il vous attend pour le dîner, le saviez-vous ?

— Oui, on m'a avertie il y a quelques heures, répondit Zara, un sourire épanoui aux lèvres.

138

— C'est un homme terriblement séduisant, n'est-ce pas ?

Le sourire de Zara s'élargit.

— Terriblement.

— Vous avez beaucoup de chance...

Un rire cristallin s'échappa de ses lèvres.

— Une chance inouïe, en effet ! J'ai eu l'occasion de le voir dans les meilleurs comme dans les pires moments et je sais que c'est un homme fabuleux. Exceptionnel. Je l'aime de tout mon cœur. Pour couronner le tout, il est prince et vit dans un palais ! Faites que ce rêve merveilleux ne s'arrête jamais ! acheva-t-elle dans un soupir de pure félicité.

Maria eut un rire amusé.

— Maintenant, cessez de parler. Je veux que vous soyez resplendissante ce soir. Ce ne sera pas difficile. Adilah a sélectionné pour vous les plus belles tenues que j'aie jamais vues. Vous n'aurez que l'embarras du choix.

Zara ferma les yeux, comblée. Cela faisait à présent quatre jours qu'elle goûtait à la vie de palais et elle ne s'en lassait pas. Rafi et ses frères étaient en pourparlers avec Jalal dans la capitale des émirats, Barakat al Barakat. Caroline Langley et Jana Stewart, se présentant comme les « deux autres fiancées », étaient venues lui rendre visite. Elles avaient passé la nuit au palais avant de regagner leurs domiciles respectifs dans la matinée.

Peu après, elle avait reçu l'invitation de Rafi. La perspective d'une soirée en tête à tête dans ce décor de conte de fées l'emplissait d'excitation et d'appréhension mêlées.

Deux heures plus tard, maquillée, coiffée, parfumée et fraîche comme une fleur, elle regagna ses appartements. Une dizaine de tenues et une foule d'accessoires — écharpes de soie, ceintures brodées, babouches en satin ornées de pierres précieuses — étaient étalés sur les divans de sa chambre. Zara retint son souffle devant une telle débauche de luxe et de beauté. Fascinée, elle essaya

chaque ensemble et, sur les conseils d'Adilah, jeta finalement son dévolu sur une fine tunique en organza de soie
bleu nuit doublée de satin gris fer et brodée de minuscules boutons d'argent dont le décolleté bateau dévoilait
ses épaules joliment hâlées. Le tissu aérien ondulait sur
un ample pantalon confectionné dans la même étoffe.
Une longue écharpe en mousseline bleu nuit pailletée
d'argent et de fines mules de cuir velouté dotées d'un
petit talon complétaient la tenue.

— Ravissant, ravissant! murmura Adilah en reculant
d'un pas pour admirer le résultat de ses efforts. Vous êtes
éblouissante, madame.

Zara examina son reflet dans le miroir qui occupait
tout un pan de mur. Souples et brillants, ses cheveux roulaient sur ses épaules, glissaient jusqu'à sa taille. A la fois
discret et raffiné, son maquillage était parfait. Ses yeux
pétillaient, sa bouche ressemblait à une pêche mûre à
point.

Voilà, elle était prête à recevoir l'homme de sa vie...

La table était dressée dans la salle à manger de son
appartement, conformément aux souhaits du prince.
Dévorée par l'impatience, Zara sortit dans le patio. Le
soleil venait de se coucher et la pleine lune brillait déjà
dans le ciel indigo. Une fontaine murmurait joyeusement
au centre de la cour tapissée d'un camaïeu de mosaïques
bleu. Des plantes et des fleurs au parfum subtil grim-
paient devant chacune des arcades.

Son palais enchanté. Un léger bruit attira son attention
et elle fit volte-face. Le prince du palais fit son entrée,
plus séduisant que jamais dans sa tenue traditionnelle
d'un beau vert émeraude.

Il s'immobilisa un instant, comme frappé par la vision
qu'elle lui offrait. L'admiration et une tendresse infinie se
lurent dans son regard sombre. Zara sentit son cœur chavirer. Oui, ils étaient faits l'un pour l'autre.

— Mon amour, murmura-t-il d'une voix rauque en faisant un pas vers elle.

Hypnotisée par son regard, elle le rejoignit et se blottit dans ses bras avec un soupir béat. Leurs lèvres se scellèrent dans un baiser passionné, ardent.

— Je vous aime, Rafi, confessa-t-elle en posant sa joue contre son torse puissant.

— Je vous aimerai toute ma vie, Zara, douce et chère Zara. Je n'aimerai que vous et vous serez ma seule épouse. Nous sommes déjà mari et femme, unis par un lien indestructible que rien ni personne ne pourra jamais remettre en cause, ajouta-t-il en produisant, comme par magie, un petit écrin tendu de soie ivoire.

Le cœur battant à se rompre, Zara ouvrit lentement le couvercle.

— Oh, elle est... elle est magnifique ! balbutia-t-elle en effleurant la bague d'une caresse timide.

A son majeur droit scintillait toujours le joyau qu'il lui avait offert alors qu'elle était prisonnière. Sa bague magique... Mais là, c'était différent. Ce gros rubis taillé en forme de cœur et serti d'une myriade de diamants monté sur un large anneau d'or représentait le symbole de leur amour. Un amour ardent, passionné, invincible.

Elle leva les yeux vers lui, le cœur gonflé d'allégresse. Leurs regards s'unirent un long moment, chargés de promesses indicibles. Puis, d'un geste solennel, Rafi glissa la bague à son annulaire gauche avant de capturer ses lèvres dans un doux baiser.

Plus tard, alors qu'ils savouraient les mets délicieux servis par deux domestiques souriantes, Hanifah et Hayat, Zara osa se remémorer l'épisode éprouvant de son enlèvement ainsi que son dénouement spectaculaire.

— Parlez-moi de Jalal, demanda-t-elle à Rafi. Qui est-il en réalité ? Que s'est-il passé ? Qu'avez-vous décidé, vos frères et vous ?

— Tu sais déjà que Jalal est le petit-fils de Selim. Sa mère, la femme qui s'est occupée de toi lorsque tu étais prisonnière, est la fille de Selim.

Rafi s'interrompit et inspira profondément avant de poursuivre plus lentement :

— Son père, en revanche, était mon demi-frère Aziz, décédé l'année précédant notre naissance.

Les yeux de Zara s'arrondirent de surprise. Déjà, Rafi reprenait :

— Aziz était tombé amoureux de la fille du bandit mais il redoutait de confesser la vérité à mon père. Lorsqu'elle lui a annoncé qu'elle était enceinte, il a juré d'en parler à son père et de lui demander l'autorisation de l'épouser. Malheureusement, il a trouvé la mort deux jours plus tard.

— Oh, quelle tristesse ! murmura Zara, touchée par cette histoire bouleversante. Que s'est-il passé alors ?

— Le reste demeure un peu flou. La mère de Jalal a annoncé la nouvelle à son père. Elle a eu beaucoup de chance de ne pas être tuée sur-le-champ pour avoir déshonoré sa famille ! Mais le vieux Selim n'était pas pour rien le bandit le plus redouté du pays. Il a compris aussitôt l'importance capitale du bébé que portait sa fille. Il l'a obligée à épouser un vieillard pour sauver l'honneur et elle a ainsi pu mettre son enfant au monde au sein de la tribu. Pendant ce temps, son père avait déjà plein de projets en tête pour ce bébé. Mais un an plus tard, mes frères et moi venions au monde, trois héritiers directs et légitimes. Peu de temps après, le bandit a rendu l'âme. Le vieil époux de Nusaybah — c'est ainsi que s'appelle la mère de Jalal — est mort à son tour. Elle s'est donc retrouvée seule avec son enfant.

— Et alors ?

— Alors un jour, Nusaybah a pris son courage à deux mains et s'est rendue au palais de mon père. Apparemment, c'est Nizam al Mulk, le grand vizir de mon père, qui a écouté son histoire. Ils furent convenus qu'elle ne dirait rien à personne afin d'éviter tout scandale. On lui a donné une maison ainsi qu'une allocation mensuelle qui lui a permis de vivre très correctement. Jalal a reçu une éducation digne de celle d'un prince avant de suivre ses classes au sein de l'armée.

Rafi se tut un moment, plongé dans ses réflexions.

— C'est drôle, Omar a eu l'occasion de le supprimer à plusieurs reprises mais il n'est jamais allé jusqu'au bout, sans jamais pouvoir expliquer pourquoi. C'est peut-être ça, les liens du sang... Toujours est-il que peu de temps après le décès de notre père, Nusaybah a cru bon de révéler la vérité à son fils, qui s'est mis en tête de réclamer sa part d'héritage, persuadé que nous étions au courant de son lien de parenté illégitime. Comme nous refusions de le recevoir...

A cet instant, Hanifah pénétra dans la pièce avec un plateau garni de sorbets et de petites tasses en or remplies de café turc. Captivée par l'extraordinaire récit que Rafi venait de lui livrer, Zara secoua la tête, comme pour reprendre contact avec la réalité.

— Et quelle décision avez-vous prise à son sujet? s'enquit-elle en savourant une petite cuillerée de sorbet au citron.

— Aucune pour le moment. J'étais incapable de me concentrer. Tous sont tombés d'accord pour clore les débats provisoirement et me renvoyer au plus vite auprès de ma future épouse, confia-t-il avec un sourire enjôleur.

Zara tressaillit sous son regard brûlant.

— Et maintenant, mon amour, maintenant commence notre nuit de noces, déclara-t-il d'une voix enrouée par l'émotion.

Là-dessus, avec une grâce féline, il se leva et lui prit la main.

17.

Il la conduisit jusqu'à sa chambre. Les portes s'ouvraient sur le patio et une brise parfumée, venue des montagnes, secouait doucement les pans de mousseline blanche qui dissimulaient le vaste lit. Fixé au plafond, très haut, un ventilateur tournait lentement tandis que les petites lampes allumées çà et là sur les tables basses inondaient la pièce d'une lumière cuivrée.

Elle se tint immobile devant lui, trop émue pour parler. Rafi saisit son visage en coupe et plongea son regard dans ses grands yeux noirs. Avec une lenteur délibérée, il se pencha et prit ses lèvres; un long gémissement s'échappa des lèvres de Zara tandis qu'il l'enlaçait de ses bras puissants.

Lorsqu'il s'arracha à son baiser, le prince tremblait lui aussi. Inspirant profondément, il enfouit son visage dans la masse parfumée de ses boucles brunes.

— Combien de nuits ai-je passées à rêver de cet instant ! murmura-t-il avec ferveur.

Zara enfouit les doigts dans ses épais cheveux, doux comme de la soie, et se pressa contre lui, grisée par les sensations qu'il faisait naître en elle. Il fit glisser la fermeture de sa tunique, dessinant du bout des doigts des cercles brûlants sur sa peau nue. Puis il s'écarta légèrement et la débarrassa de son pantalon. Simplement vêtue d'un body de soie ivoire, elle se tint devant lui, frissonnante, impatiente de retrouver le havre de ses bras.

144

Il ferma brièvement les yeux.

— Ta beauté pourrait abattre des montagnes, chuchota-t-il.

Il la souleva alors dans ses bras et la contempla avec passion.

— Que se serait-il passé si j'avais fait ça l'autre jour ? demanda-t-il dans un souffle. Si je t'avais rejointe dans le bassin et que je t'avais embrassée, cédant à l'envie brûlante qui me consumait ? Si je t'avais prise dans mes bras...

Il la déposa sur le lit et s'allongea à côté d'elle. Ses doigts suivirent le contour du body avec une sensualité infinie.

— Je t'avais pris pour un bandit, murmura Zara, perdue dans un flot de plaisir.

Un sourire arrogant étira les lèvres de son bien-aimé.

— Mais tu étais déjà à moi. Tu m'aurais suivi, même si j'avais été un dangereux hors-la-loi... n'est-ce pas ?

— Je t'ai appartenu dès l'instant où j'ai posé les yeux sur toi, confessa-t-elle d'une voix étranglée.

La bouche de Rafi couvrit la sienne dans un baiser passionné et lorsqu'elle arqua contre lui son corps gracile, il chercha sa poitrine à travers la soie chaude et la caressa quelques instants, jusqu'à ce qu'elle laisse échapper une longue plainte rauque. Alors, avec des gestes précis et rapides, il termina de la déshabiller avant d'ôter ses propres vêtements, révélant un corps souple et viril, tendu par le désir.

— Oh, Zara...

D'une main tremblante, il l'attira contre lui. La rencontre de leurs peaux les fit tressaillir. Elle sentit le souffle de son compagnon caresser sa gorge et ferma les yeux, emportée par un nouveau flot de désir, plus ardent, plus intense encore que les précédents.

Les mains de Rafi reprirent leur danse sensuelle, explorant son corps avec douceur et fougue mêlées. Sa bouche et sa langue suivirent le chemin que ses doigts traçaient sur sa peau nacrée et tout à coup, il n'y eut plus aucune barrière entre eux, aucune limite. Il ne subsistait que le feu et le miel qui fusionnaient ardemment, et une soif dévorante qu'il leur fallait à tout prix étancher. Vite.

Rafi s'écarta légèrement de Zara et contempla son beau visage, en proie à une vive émotion. La vie prenait tout son sens dans les bras de l'aimée... Alors, fort de cette découverte, il plongea et plongea encore, là où le désir atteignait son paroxysme, cet endroit doux et chaud que Zara lui offrait, paupières closes, dans un abandon émouvant.

Elle gémit, submergée par des vagues de plaisir successives. Chaque va-et-vient repoussait ses limites, frappait à une porte enfouie tout au fond de son être, réclamait une réponse. Chancelante, elle erra sans but dans des pièces aux couleurs vives, se promena parmi des arbres chargés de fruits odorants, goûta au vin, savoura la douceur du miel. Tous ses sens étaient en éveil, tous partaient à la découverte de bonheurs totalement nouveaux, inimaginables, tous se croisaient et s'entremêlaient dans une confusion absolue... divine.

— C'est ça, l'amour, dit-elle dans un soupir.

— C'est l'amour, oui, répondit-il alors qu'ils découvraient ensemble cette fusion des sens, de la raison, des émotions et des rêves.

Une fusion qui conduisait vers un bonheur absolu.

Au fond, tout au fond de Zara, une porte s'ouvrit alors sur un monde tellement féerique qu'elle cria sa surprise et sa joie. En entendant ce cri, Rafi frissonna. Il allait pouvoir la rejoindre... enfin...

Leur étreinte fut totale, parfaite. Ils se sourirent, versèrent quelques larmes, crièrent à l'unisson, ondulèrent sur le même rythme, tantôt endiablé, tantôt langoureux.

Oui, c'était bien cela, l'amour.

Épilogue

— Décidément, Marta, ça devient une habitude, déclara Barry.

Fixant la caméra, Marta afficha un sourire radieux.

— Vous avez raison, Barry ! Ç'aura été une année riche en événements pour les Emirats du Barakat. Il semblerait que nos trois princes aient le don de triompher des situations les plus compliquées !

Barry porta la main à son écouteur. Au même instant, l'image d'une imposante bâtisse couverte de délicates mosaïques bleues et blanches emplit l'écran.

— Andrea, vous êtes là ? appela Barry.

L'objectif de la caméra se resserra sur la journaliste, postée sous les arcades.

— Oui, Barry, je suis là, devant le merveilleux palais de la reine Halimah, situé à Barakat al Barakat, la capitale des émirats, là où se dérouleront les cérémonies de mariage des trois princes. Comme vous pouvez le constater, la foule est nombreuse devant le palais et depuis maintenant une bonne heure, les invités arrivent à flot ininterrompu. Hauts dignitaires, chefs d'Etat, membres des plus grandes familles royales, aristocrates mais également représentants du peuple, tous sont venus des quatre coins du monde pour assister à ces mariages dignes des plus beaux contes de fées. Rappelons un peu...

— Désolée, Andrea, intervint Marta. Nous rentrons à

l'intérieur du palais où la cérémonie va commencer. Nous vous retrouverons tout à l'heure.

Lorsque les lourdes portes de bois s'ouvrirent, un silence saisissant s'abattit sur la foule des spectateurs. Le temps suspendit son vol l'espace de quelques battements de cœur, puis les princes du Barakat firent leur apparition dans le vaste Palais de Justice, côte à côte.

L'assistance retint son souffle. Les princes s'immobilisèrent un court instant. Etonnants de beauté et de raffinement, leurs costumes mettaient en valeur leur noblesse et leur distinction.

Tous trois sourirent, échangeant de brefs regards, en découvrant la foule venue participer à la cérémonie commune de leurs trois mariages.

En parfaite harmonie, ils s'avancèrent d'un pas solennel vers l'estrade couverte d'une marquise dorée où trônait un imposant autel en marbre. Derrière eux apparurent les Compagnons de la Coupe au grand complet, trente-six hommes en tenue d'apparat, qui allèrent se poster fièrement autour de l'estrade.

Une musique sourde et entraînante rythmait le déroulement de la cérémonie — des flûtes, des tambourins et des mandolines jouant un air original, parfaitement approprié au décor fastueux et exotique.

Deux Compagnons se détachèrent de chaque groupe et remontèrent les trois allées jusqu'aux grandes portes de bois sculptées, de l'autre côté du Palais du Justice.

Un nouveau silence se fit. Puis les trois battants s'ouvrirent, dévoilant les trois mariées, qui s'avancèrent d'un pas lent vers l'autel — Jana Stewart vers le prince Omar, Caroline Langley vers le prince Karim et Zara Blake vers le prince Rafi.

Toutes trois portaient du blanc, mais leurs robes étaient très différentes et chacune d'elles avait choisi une couleur pour son bouquet de fleurs.

La caméra fit un gros plan sur la future mariée qui portait une robe de style oriental, ornée d'un décolleté en V sur le devant, de longues manches bouffantes boutonnées au poignet. La jupe fluide s'arrêtait à mi-mollet, dévoilant un ample pantalon coupé dans une soie brocardée blanche. De délicates sandales de cuir blanc complétaient sa tenue. Elle portait un bouquet de roses blanches et rouge rubis et une myriade de minuscules boutons de roses rouges et blancs parsemaient sa magnifique chevelure d'un noir de jais. Chaque boucle abritait une fleur.

— La princesse Zara, murmura Marta.

La deuxième mariée portait une longue robe droite en shantung, d'une élégante sobriété, assortie à un court boléro de dentelle et de soie. Un bouquet blanc et vert reposait entre ses mains, le lierre vert foncé et l'aubépine blanche de son pays natal, joliment entrelacés, tombaient jusqu'au sol dans une fragile cascade florale. Une couronne de lierre ornait ses cheveux mordorés.

— Et voici la princesse Jana...

La troisième jeune femme était voilée. Elle portait une robe romantique dont le lourd jupon en dentelle de soie reposait sur une volumineuse crinoline. Orné de petites manches bouffantes, le corsage de sa robe épousait étroitement ses formes. Elle portait une gerbe de fleurs bleues, toutes d'une nuance différente, et le voile en tulle qui dissimulait son visage traînait derrière elle sur plusieurs mètres.

— Et enfin, la princesse Caroline, conclut Marta.

Derrière chaque mariée se tenait une foule de demoiselles d'honneur, toutes vêtues de la couleur choisie par la future épouse.

C'était un spectacle grandiose. Soudain, un rayon de soleil traversa la coupole de verre qui surplombait la salle, inondant l'autel d'un halo doré.

Un soupir émerveillé courut dans l'assistance.

Alors, portées par les ondes de bonheur qui emplissaient la salle, qui submergeaient leur cœur, les trois jeunes femmes rejoignirent leurs futurs époux qui les attendaient, radieux, resplendissants.

— Comme c'est émouvant, commenta la journaliste d'une voix étranglée.

Les trois princes du Barakat avaient enfin trouvé l'amour.

Comme dans les plus beaux contes...

Chère lectrice,

Vous nous êtes fidèle depuis longtemps?
Vous venez de faire notre connaissance?

C'est pour votre plaisir que nous avons
imaginé un rendez-vous chaque mois
avec vos auteurs préférés, vos
AUTEURS VEDETTE dans les
collections Azur et Horizon.

Les AUTEURS VEDETTE vous
donneront rendez-vous pour de
nouveaux livres vedette.

Pour les reconnaître, cherchez
l'étoile... Elle vous guidera!

Éditions Harlequin

HARLEQUIN

LE FORUM DES LECTEURS ET LECTRICES

CHERS(ES) LECTEURS ET LECTRICES,

VOUS NOUS ETES FIDÈLES DEPUIS LONGTEMPS?

VOUS VENEZ DE FAIRE NOTRE CONNAISSANCE?

SI VOUS AVEZ DES COMMENTAIRES, DES CRITIQUES À
FORMULER, DES SUGGESTIONS À OFFRIR, N'HÉSITEZ
PAS… ÉCRIVEZ-NOUS À:

    LES ENTREPRISES HARLEQUIN LTÉE.
    498 RUE ODILE
    FABREVILLE, LAVAL, QUÉBEC.
    H7R 5X1

C'EST AVEC VOS PRÉCIEUX COMMENTAIRES QUE NOUS
ALLONS POUVOIR MIEUX VOUS SERVIR.

DE PLUS, SI VOUS DÉSIREZ RECEVOIR UNE OU
PLUSIEURS DE VOS SÉRIES HARLEQUIN PRÉFÉRÉE(S)
À VOTRE DOMICILE, NE TARDEZ PAS À CONTACTER LE
SERVICE D'ABONNEMENT; EN APPELANT AU
(514) 875-4444 (RÉGION DE MONTRÉAL) OU 1-800-667-4444
(EXTÉRIEUR DE MONTRÉAL) OU TÉLÉCOPIEUR
(514) 523-4444 OU COURRIER ELECTRONIQUE:
AQCOURRIER@ABONNEMENT.QC.CA OU EN ÉCRIVANT À:

    ABONNEMENT QUÉBEC
    525 RUE LOUIS-PASTEUR
    BOUCHERVILLE, QUÉBEC
    J4B 8E7

MERCI, À L'AVANCE, DE VOTRE COOPÉRATION.

BONNE LECTURE.

HARLEQUIN.

VOTRE PASSEPORT POUR LE MONDE DE L'AMOUR.

COLLECTION
HORIZON

Des histoires d'amour romantiques qui
vous mènent au bout du monde!

Découvrez la passion et les vives
émotions qu'apportent à la Collection
Horizon des auteurs de renommée
internationale!

Captivantes, voire irrésistibles, ces
histoires d'amour vous iront
assurément droit au coeur.

Surveillez nos quatre nouveaux titres
chaque mois!

Composé sur le serveur d'EURONUMÉRIQUE, À MONTROUGE
PAR LES ÉDITIONS HARLEQUIN
Achevé d'imprimer en juin 2001

BUSSIÈRE

GROUPE CPI

à Saint-Amand-Montrond (Cher)
Dépôt légal : juillet 2001
N° d'imprimeur : 12945 — N° d'éditeur : 8841

Imprimé en France